다운증후군 가스파르, 어쩌다 탐정

로맹 퓌에르톨라 글　　김현아 옮김

한울림스페셜

차례

중국산 에펠 탑 열쇠고리

파리에 오는 중국 관광객들은 알고 있을까? 그들이 파리에서 사는 기념품이 사실은 자기네 나라에서 만들어졌다는 걸.

버스에서 내린 중국 관광객들은 개미 떼처럼 내가 일하는 가게로 몰려들어 와서는, 작은 바구니에서 에펠 탑 열쇠고리를 고른다. 그럴 때마다 나는 그들에게서 에펠 탑 열쇠고리를 낚아채 안쪽에 잘 보이지 않게 새겨진 '메이드 인 차이나'라는 글자를 눈앞에 들이대고 싶은 마음이 든다.

하지만 그러는 대신 활짝 웃으며 물건 값을 받는다. 기분이 좋으면 성룡이 나오는 영화에서 배운 기초 중국어 두세 마디를 던지기도 한다. 니 하오! 씨에씨에!

가게 주인은 내가 손님들을 언짢게 하는 걸 좋아하지 않을 거다. 게다가 만 킬로미터도 넘는 길을 날아온 관광객들에게는 그게 주석으로 만든 대단한 보물로 보일 테니 내가 갖지 말라고 할 수도 없다.

이곳 몽마르트르의 가게들은 싼 값에 꿈을 판다. 공장에서 대량 생산된 오리 콩피*는 뼈가 뚝뚝 부서지고, 개구리 다리 요리는 다리 여섯 개짜리 유전자 조작 개구리로 만든다. 칠판에 흰 분필로 '홈메이드'라고 휘갈겨 써 놓은 빵집에는 날마다 냉동 빵이 스물네 개씩 들어 있는 상자들이 배달된다. 물론 집에서 만들기는 한다. 공장이라고 불리는 큰 집에서.

사실 이 예쁜 동네는 정교하게 만들어 아름답게 색칠한 종이 모형 같은 거다. 여기서 40킬로미터 떨어진 데 있는 디즈니랜드의 버즈 라이트이어처럼.

우리 구역에서는 기념품 판매 사업이 꽤 잘 된다. 그림 원작은 디지털 방식으로 대량 복제되고, 수작업으로 인쇄했다는 티셔츠는 파리 13구에 사는 베트남 사람들이 전사지를 다

● 오리고기를 기름에 절여 오랫동안 끓여 만든 프랑스 요리.

림질해 무늬를 찍는다. 손으로 다림질하니 수작업이라는 게 틀린 말은 아니다. 파리의 전통 베레모는, 정확하게 기억나지 않지만, 이름이 '-스탄'으로 끝나는 나라에서 만들어 비행기로 실어 온다.

이처럼 관광객을 쉽게 속여 먹는 걸 볼 때마다 정신 발달이 늦은 지적 장애인이 관광객인지 나인지 궁금해지고는 한다.

늦는다는 말이 나와서 말인데, 가게 주인 라시드가 너무 늦는 바람에 나는 지금 아주 곤란한 상황이다. 가게 주인이 오기 전에 가게를 비워 두고 나갈 수도 없고, 올 때까지 마냥 기다리고 있을 수도 없다. 다른 일을 하러 가야 하기 때문이다. 자신의 행동이 주변에 어떤 영향을 끼치는지 조금만 신경을 쓰면 좋으련만, 라시드는 자기 일만 생각한다. 게다가 그는 내가 관광객들이 몰려들어 오는데 가게 문을 닫고 나갈 사람이 아니라는 점을 잘 안다. 그런 생각은 고쳐야 한다. 그는 직원을 너무 혹사한다.

라시드는 다운증후군인 사람을 고용하면 물건이 두 배는 잘 팔릴 거라고 생각했다. 하지만 틀렸다. 나는 물건을 세 배는 더 팔았으니까. 21세기에 인간의 불행은 판매에 도움이 된다는 생각이 든다. 내가 나 자신을 '불행한 인간'의 대표로 여기지는 않는다고 해도 말이다.

가게에서 버는 돈으로 나는 그럭저럭 먹고살 수 있다. 물론 내가 아직 엄마 아빠 집에 살고 있어서 집세가 들지 않는 덕분이다. 엄마 아빠는 내가 자립할 수 있도록 돕는다는 핑계로 서른 살을 먹도록 나를 곁에 두고 보살핀다. 앞뒤가 맞지 않는 말이지만, 나는 그냥 믿는 척하면서 엄마 아빠가 통제 비슷한 걸 하고 뿌듯해하도록 내버려 둔다.

하지만 머잖아 엄마 아빠 곁을 떠날 거다. 그때는 엄마 아빠도 날 막을 수 없을 거다. 계속 그들에게 짐이 되고 싶지 않다. 나를 위한, 나만의 삶을 살고 싶다.

엄마 아빠는 나를 보호하려고 이런 저런 일들을 감추느라 애쓰지만, 나는 내가 다른 사람들과 다르며 내 삶이 평범하지 않을 거라는 사실을 잘 알고 있다. 예컨대 내가 아이를 가질 수 없다거나 하는.

언젠가 알아본 적이 있는데, 나는 운 좋으면 봄에 피는 벚꽃을 앞으로 스무 번 정도 더 보겠지만, 2061년에 핼리 혜성이 나타나는 건 볼 수 없을 거다. 그래도 괜찮다. 사람들이 생각하는 것과는 달리, 내가 남들에게 도움을 받기만 하는 건 아니다. 자기연민에 빠져 허우적거리기에는 세상에 흥미로운 일이 많으니까. 예를 들어 뭔가를 알게 되는 일처럼.

나는 인터넷에서 전 세계의 다운증후군이 있는 사람 가운데 10여 명이 정규 학업 과정을 마쳤고, 심지어는 명문 대학을 졸업했다는 사실을 알았다.

2008년에 버트 홀브룩이라는 미국인이 다운증후군이 있는 사람 가운데 최장수 기록으로 기네스북에 이름을 올렸다는 글도 읽었다. 버트 홀브룩은 2012년 3월 14일에 여든세 살의 나이로 죽었다. 이런 글을 읽으면 희망이 생긴다.

나는 이런 정보들을 초록색 공책에 모두 써 놓았다. 초록색 공책에는 나한테 자신감과 힘을 주는 좋은 내용만 쓴다.

나는 파리에 근사한 아파트를 사서 엄마 아빠에게 작별 인사를 할 날을 꿈꾸며 일을 한다. 양심상 하루 종일 몽마르트르에 온 관광객들에게 사기를 칠 수는 없어서, 오후 1시부터 4시까지는 유명 체취 제거제 회사의 '코'가 된다. 그런데 가게 주인이 여태 안 오는 바람에 지각하게 생겼다.

연구소 사람들은 나에 대해 떠벌리거나, 내 얼굴을 내세워

돈을 벌려고 들지 않는다. 그렇다고 내가 라시드한테 나쁜 감정을 품고 있는 건 아니다. 라시드는 좀 어리석기는 해도 악랄한 사람은 아니니까. 어쨌건 나는 내 코를 이용해 돈을 버는 두 번째 직업이 훨씬 더 고상하다고 생각한다.

자연이 내게 21번 염색체 한 쌍에 하나를 덧붙이는 바람에 나는 어릴 때부터 청각에 문제가 있다. 대신 뛰어난 후각을 타고났다. 파트리크 쥐스킨트의 소설《향수》에 나오는 장 바티스트 그르누이처럼. 결국 감각의 총량은 같은 셈이다. 자연은 날 이렇게 만들어 놓고 부끄러웠을 거다.

나는 개의 후각이 사람보다 100만 배 뛰어나다면, 내 코는 열두 배쯤 된다고 말하곤 한다. 늘 양치기 개를 데리고 다니는 슈퍼마켓 야간 경비원이 언젠가 내게 개 후각 점막의 크기는 130제곱센티미터인데, 사람은 3제곱센티미터라고 말해 주었다. 개의 후각 점막이 엽서만 하다고 하면, 사람은 우표만 하다는 것이다. 내 후각 점막의 크기가 궁금하다. 이 정보는 좋지도 나쁘지도 않기 때문에 나는 좋은 게 좋은 거라는 마음으로 초록색 공책에 썼다.

다시 말하지만, 나는 유명 체취 제거제 회사의 '코'다. 회사

이름을 밝히는 것은 금지되어 있다.

텔레비전에서는 간접 홍보를 막으려고 이미지를 뒤집어 놓는다. 사람들이 어떤 상표인지 뻔히 아는데도 말이다. 왜 그런 멍청한 짓을 하는지 모르겠다.

정확히 말하면, 나는 '겨드랑이 냄새 맡는 사람'이다. 나의 두 번째 직업은 이름에서 알 수 있듯이 체취 제거제를 뿌린 사람의 겨드랑이에다 코를 갖다 대는 것이다. 일주일에 50명, 한 달이면 200명의 냄새를 맡는다.

계약서에 몸이 청결해야 한다는 규정이 있는데도 지독한 냄새가 나는 참가자들이 있다. 이런 사람들은 샤워를 하고 체취 제거제를 뿌려도 소용없다. 남자가 여자보다 냄새가 많이 나고, 체격이 클수록 심하다.

나는 운 나쁘게도 뚱뚱한 남자들이 있는 구역에서 일을 하게 되었다. 하지만 팀장이 다음 달에는 여자들이 있는 구역으로 옮겨 주겠다고 했다.

몇 달 전에 싱가포르에서 한 남자가 어두운 주차장이나 엘리베이터 같은 음침한 장소에서 여성 스물세 명의 겨드랑이 냄새를 맡은 죄로 징역 14년과 태형 18대를 선고 받았다. 1년에 2400명 정도의 겨드랑이 냄새를 맡는 나는 그 나라에 가면 어떻게 될지 생각하고 싶지도 않다.

　나는 몹시 충격을 받아서 빨간색 공책에 큼지막하게 써 놓았다. (빨간색 공책에는 나쁜 얘기만 쓰고, 나쁜 기운이 빠져나오지 못하도록 얼른 덮어 버린다.) 싱가포르에는 절대 가서는 안 된다고.

물을 마시는 사람은 누구일까

오늘 아침 근대 화학의 아버지인 앙투안 라부 아지에의 자료를 찾아보았다. 과학 발전에 중요한 업적을 남겼다고 평가 받는 앙투안 라부아지에는 루이 15세 시대에 세금청부인으로 일했다는 이유로 고발 당해 단두대에서 처형되었다.

나는 이런저런 자료를 찾아보다가 '아인슈타인의 수수께끼'로 불리는 유명한 수수께끼에 걸려들었다. 이거라면 사회보장 기금으로 나 같은 사람들에게 지능 검사를 받게 하면서 먹고사는 별 볼일 없는 늙은 심리학자를 제대로 한 방 먹일 수 있을 거다.

간단히 말해, 무국적자였다가 스위스인이었다가 마지막에

스위스계 미국인이 된 물리학자가 만든, 2퍼센트의 사람들만이 풀 수 있다는 수수께끼에 나는 도전하기로 했다.

고도의 지적 사고가 나 자신에 대해 알게 해 줄 거다. 엄마 아빠가 거짓말로 둘러댄 게 아닌, 자연이 나에게 준 진짜 지능 지수를 알게 해 줄 거다.

나는 좋지도 나쁘지도 않은 얘기를 적는 주황색 공책을 가게 금전등록기 뒤에 놓아두었다. 손 닿는 데 놔두고 틈날 때마다 보려고 문제를 베껴 써 놓은 쪽을 펼쳐 놓았다.

영국 사람은 빨간색 집에 산다. 스페인 사람은 자기 개를 무척 좋아한다. 아이슬란드 사람은 기술자이다. 초록색 집에 사는 사람은 커피를 마신다. 초록색 집은 하얀색 집 바로 왼쪽에 있다. 조각가에게는 당나귀가 한 마리 있다. 외교관은 노란색 집에 산다. 노르웨이 사람은 왼쪽에서 첫 번째 집에 산다. 의사는 여우를 키우는 사람의 옆집에 산다. 외교관의 집은 말을 키우는 사람의 집과 이웃해 있다. 가운데 집에 사는 사람은 우유를 마신다. 슬로베니아 사람은 차를 마신다. 바이올리니스트는 오렌지주스를 마신다.

노르웨이 사람은 파란색 집 옆에 산다. 물을 마시는 사람은 누구일까? 얼룩말을 키우는 사람은 누구일까?

언뜻 보면 말도 안 되어 보인다. 이오네스코의 부조리극도 아니고, 오렌지주스를 마시는 바이올리니스트와 당나귀를 키우는 조각가라니. 그러다 정보가 제법 많다는 생각에 자신감이 생긴다. 거의 다 푼 거나 다름없다고 생각한다. 하지만 그게 다 미끼고 속임수이다. 두세 번은 쉽게 풀리는 것 같지만, 얼마 지나지 않아 두 손 두 발 다 들게 된다.

나는 공책에다 작은 집을 다섯 개 그렸다. 공들여 그리지는 않았다. 나는 그림을 잘 못 그린다. 더구나 따라 그릴 게 없으면 더 못 그린다. 우리 아빠는 시각 예술을 지도하는 교수인데, 나는 아빠의 그림 솜씨를 닮지 않았다. 나는 잘 그리려 하지 않고 생각나는 대로 집들을 그렸다. 내 어깨 너머에서 고개를 주억대면서 굴뚝에 연기가 없고 창문에 커튼이 없는 걸 보니 어린 시절 마음에 상처를 받은 모양이라고 생각하는 안경 쓴 심리학자 없이 말이다. 내 집들은 네모 위에 세모를 얹은 모양이다. 뭐 어때.

첫 번째 집 아래에다 '노'라고 썼다. 노르웨이 사람이 왼쪽에서 첫 번째 집에 산다고 했으니까. 그런 다음에 바로 오른쪽에 있는 집 아래에다 '파랑'이라고 썼다. 노르웨이 사람은 파란색 집 옆에 산다고 했으니까. 그리고 바로 다음 집 아래에다 작은 우유 잔을 그렸다. 가운데 집에 사는 사람은 우유를 마신다고 했으니까.

거기까지는 그다지 높은 지능이 필요하지 않다. 보다시피 다운증후군이라도 판단력이 조금만 있으면 쉽게 할 수 있다. 하지만 단계를 넘어갈수록 고도의 지적 사고 훈련이라는 생각이 든다. 누구나 한번쯤 해 볼 만하다.

숫자가 문장과 개념으로 바뀌었다는 것을 빼면 수도쿠랑 비슷하다고도 할 수 있다. 하지만 전철 안에서 이런 수수께끼를 재미 삼아 풀고 있는 사람은 본 적이 없다. 작은 바둑판 무늬에 숫자를 채워 넣는 사람들은 쉽게 볼 수 있는데 말이다.

문제는 주어진 단서들을 잘 연결하려면 집중할 시간이 필요한데, 몽마르트르에서는 한가할 때가 별로 없다는 점이다. 비 오는 날을 빼고는.

나는 공책과 펜을 내려놓았다. 콧수염을 기른 잘생긴 스페인 남자가 '아이 러브 파리'라는 글자가 수놓인 하얀 모자 두 개를 내게 내밀고 있다. 강한 플라스틱 냄새가 콧구멍으로 훅 들어왔다. 폴리에스테르 냄새, 구두 접착제 냄새, 불에 그을린 밀랍 냄새가 났다.

"28유로입니다." 서둘러 모자를 콧구멍에서 멀찍이 떨어뜨려 초록색 비닐 봉지에 넣으면서 내가 말했다. 초록색 비닐 봉지에서 나는 냄새도 그보다 덜하지는 않았다.

스페인 남자는 군말 없이 50유로짜리 지폐를 내밀었다. 38유로나 48유로라고 할 걸 그랬나 싶은 생각이 들었다. 외국에 여행을 오면 가격은 상관없이 돈 쓸 궁리만 하는 사람들이 있다. 마치 그들이 가진 돈은 가치가 다르기라도 한 것처럼.

하지만 텔레비전에서 봤는데, 스페인 경제는 지금 위기 상황이란다. 그래서 비싸게 부르지 않았다. 다음에 일본 사람들을 태운 관광버스가 오면 그만큼 만회할 생각이다. 나는 그에게 계산기에 찍힌 거스름돈을 내주었다.

가게는 몇 초만에 24유로의 이익을 남겼다. 모자 주문이 엄청나게 많았기 때문이다. 모자 하나에 2유로씩 가게 주인에게 이익으로 돌아간다.

남자는 만족스러워하며 문 쪽으로 갔다. 문 앞에 민소매 셔츠와 짧은 바지를 입은 갈색 머리의 예쁜 여자가 남자를 기다리고 있다.

여자는 아이스크림을 먹고 있다. 여자가 친구인지 애인인지 남편인지 모를 남자의 볼에 뽀뽀를 하고는, 얼른 합성 섬유로 만든 새 모자를 머리에 썼다. 그러더니 미인 대회에서 1등을 해서 다이아몬드 왕관이라도 쓴 듯이 굴었다.

나는 그러는 여자가 부끄러웠다. 오늘 아침에만 그 모자를 열일곱 개나 팔았다. 내가 장담하는데, 저 여자는 자신이 개성 있는 모자를 썼다고 생각하며 몽마르트르에 있는 가게 진열창마다 자기 모습을 비춰볼 게 분명하다.

나는 다시 공책을 집어 들고 수수께끼를 보았다. '스페인 사람은 자기 개를 무척 좋아한다.'

스페인 사람은 아니지만 나도 개를 키운 적 있다. 암컷이었고, 이름은 '파라'였다. 나는 파라를 무척 사랑했다. 파라는 몇 년 전에 죽었다. 그때 내가 너무 많이 우는 바람에 엄마는 집에서 동물을 키우는 걸, 하다못해 금붕어 한 마리조차도, 싫어하나 보다.

나는 고개를 들고 먼 데를 바라보았다. 내 시선은 물랭 드라 갈레트 식당*의 모퉁이에 가로막혔다. 스페인 여자가 식당의 창에 비친 자기 모습을 바라보고 있다.

스페인 여자는 자기 모자를 무척 좋아한다.

나는 자기 모자를 무척 좋아하는 스페인 여자에게 모자를 사 준 스페인 남자가 좋다. 하지만 나는 가게 입구에 뚜렷하게 드리워지는, 강낭콩처럼 호리호리한 라시드의 그림자가 더 좋다. 이제 내가 여기서 나갈 수 있다는 뜻이니까.

---

* 몽마르트르 언덕의 유명한 식당. 오르세 미술관에 소장된 르누아르의 작품 〈물랭 드 라 갈레트에서의 무도회〉의 배경이 된 곳.

모자와 시간의 상관 관계

어느 날 나는 놀라운 사실을 깨달았다. 내가 가게에서 연구소까지 가는 데 걸리는 시간이 내가 머리에 쓴 모자에 달려 있다는 것이다.

사파리 모자를 쓰고 있으면 30분 걸리고, 챙 없는 검은 모자를 쓰고 있으면 40분, 방수가 되는 노란색 벙거지를 쓰고 있으면 45분 걸린다. 길게는 15분이나 차이가 난다.

어떻게 생각할지 모르겠지만, 마법 같은 건 아니다. 논리적으로 설명할 수 없는 것도 있는 법이다. 나는 그저 아침마다 창문으로 날씨를 보고, 대머리도 가릴 겸 머리도 보호할 겸 어떤 모자를 쓸지 결정하기 때문이다.

단순하다. 날이 좋으면 사파리 모자를 쓰고, 추울 때는 챙 없는 검은 모자를, 비 오는 날엔 방수가 되는 노란색 벙거지를 쓴다. 그런데 춥거나 비 오는 날은 아무래도 연구소에 가는 데 시간이 좀 더 걸린다. 바람이 불거나 길이 얼거나 눈이 오게 마련이니까.

이런 날은 트르와 프레르 거리로 이어지는 계단에서 미끄러지지 않도록 조심해야 한다. 비 오는 날이면 자갈이 깔린 몽마르트르의 길은 미끄럼판이 된다. 내가 피해야 할 함정이 한두 군데가 아니다.

오늘은 다행히 날씨가 좋다. 그래서 탐험가라도 된 기분으로 사파리 모자를 썼다. 조금 서두르면 시간 맞춰 도착할 수 있을 거다.

그래서 나는 걸음을 조금 빨리 걸었다.

데제폴 씨는 괜찮은 사장님이다. 이름도 참 좋다. 젊었을 때 프랑스 국가 대표 수영 선수였던 그는 나이가 쉰셋인 지금도 건장한 어깨를 유지하고 있다. 그가 이 자리까지 올 수 있었던 건 운동 선수다운 투지 덕분이다.

내 초록색 공책에는 100명도 넘는 기업가의 이름과 경력이 적혀 있는데, 나는 큰 회사의 경영진이나 중요한 직책을 맡은 사람 가운데 운동 선수 출신이 많다는 걸 알게 되었다.

미래에 대한 통찰력이 뛰어난 이케아 설립자 이름도 명단에 있다. 이케아IKEA라는 회사 이름은 설립자 이름 잉그바르 캄프라드Ingvar Kamprad와 그가 자란 농장 엘름타리드Elmtaryd, 그의 고향 마을인 스웨덴 아군나리드Agunnaryd의 첫 글자를 따서 지었다.

그는 어렸을 때 공장에서 성냥을 도매로 사서 되팔겠다는 기막힌 생각을 했다. 아마도 가느다란 포플러 나뭇가지 한쪽에 붉은 인화 물질 덩어리가 달려 있는 성냥이었을 거다. 그의 고객은 모두 그 지역 농부들이었는데, 그가 자전거를 타고 성냥을 고객의 집까지 배달해 주었기 때문에 나는 그를 운동 선수 명단에 적어 놓았다. 그 후에도 그는 같은 방법으로 물고기와 크리스마스 장식, 연필과 펜을 팔았다.

오늘날 아기 열 명 중 한 명은 이케아 소나무 침대에서 만들어지는 것 같다. 나도 그런 경우였는지 엄마 아빠에게 물어보지는 않았다. 그걸로 많은 게 설명될 테지만 말이다. 특히, 내가 태어날 때 어떤 유전자 조립 세트가 배달되었는지에 대해서.

나한테는 남들보다 염색체가 하나 더 있다. 이케아 옷장을 다 조립했는데 어디에 써야 할지 모르는 부품이 아직 남아 있는 것과 같다.

나는 데제폴 씨가 장애인 고용 할당을 채우려고 나를 고용한 게 아니라서 좋다. 그는 능력을 보고 나를 고용했고, 회사의 다른 직원들과 똑같이 대우한다. 어떤 특별 대우도 없다. 흔치 않은 의롭고 선한 사람들 가운데 한 명이다.

그래서 오늘 오후 내가 연구소에 지각하자, 그가 나에게 소리쳤다.

"가스파르, 10분 지각했어!"

화를 내기는 했어도, 그가 나를 이름으로 불러서 고맙다. 나는 늘 주변 사람들에게 이름으로 불러 달라고 부탁한다. 나는 내 성이 정말 마음에 들지 않는다.

"죄송합니다, 사장님. 오늘 몽마르트르에 축제가 열린다는 걸 제가 깜박 잊고 있었어요. 오는 길에 사람들이 너무 많았어요."

나는 오다가 멋진 장면을 사진 찍으려고 잠깐 멈춰 섰다는 사실을 말하지 않으려고 애썼다. 파리 성벽에 모여 있는 도자기 화성인들을 모두 찍겠다고 마음먹은 뒤로 나는 어디든 낡은 올림푸스 트립35 필름 카메라를 목에 걸고 다닌다. 내가 지나다니는 길은 사진 찍고 싶은 유혹을 억누르기 어려울 만큼 모든 풍경이 멋지다. 내가 살고 있는 도시인데도 걸핏하면 관광객들 중 한 사람이 되어 버리는 건 아마도 내가 오랜 시간 관광객들을 마주 대하고 있어서일 거다.

"가스파르, 이번 주 들어 두 번째 지각이야. 그리고 늘 핑계를 대요. 안됐지만 지각한 만큼 다음 달 월급에서 빼겠어. 어서 일 시작해. 자, 빨리!"

나는 말없이 고개를 까닥이고 작업복을 갈아입으러 탈의실로 갔다.

영국 사람은 빨간색 집에 산다

연구소와 몽마르트르의 기념품 가게는 분명히 대비되는 공간이다. 연구소는 깨끗하고 살균 처리가 된 데다 아주아주 조용하고, 기념품 가게는 시끄럽고 들떠 있고 무질서하고 혼잡하다. 연구소가 스위스 같은 느낌이라면, 몽마르트르의 가게는 중국 같은 느낌이랄까.

날마다 나는 여권도 없이 두 세계를 넘나든다. 파리 18구는 두 세계의 중간 지대인 셈이다. 적응하려면 시간이 필요하니까. 건스 앤 로지스*의 콘서트에 다녀와서 모차르트를 들으려면 시간이 필요한 것과 비슷한 이치다.

---

* 미국의 하드 록 밴드.

25

걸어가는 동안 나는 아인슈타인의 수수께끼를 생각했다. 그러고는 탈의실에 도착하자마자 얼른 주황색 공책을 펼쳐 두 집 아래에다 '초록-하얀'이라고 썼다. 초록색 집은 하얀색 집 바로 왼쪽에 있다고 했으니까.

공책에 적어 놓고 나니 모든 게 아귀가 맞는다. 초록색 집은 커피와 연관이 있으니까 세 번째 자리에 있을 수 없다. 가운데 집에 있는 사람은 우유를 마신다는 걸 이미 알고 있기 때문이다. 그러니까 초록색 집은 네 번째 자리이고, 바로 오른쪽에 하얀색 집이 있다. 이제 영국 사람이 사는 빨간색 집이 가운데 자리일 수밖에 없다. 그래야 첫 번째 집에 노르웨이 사람이 산다는 것도 맞아떨어진다.

머릿속에서 생각이 빠르게 꼬리를 물고 이어졌다. 펜이 따라잡기 벅찰 정도다. 복도에서 발걸음 소리가 들리지 않았다면, 나는 탈의실에서 계속 집들 아래에다 글자를 적어 넣고 있었을 거다.

나는 잘못하다 들킨 어린애처럼 얼른 공책을 등 뒤로 숨겼다. 하지만 너무 늦었다. 엘렌이 나를 찾아냈다.

"가스파르! 너무하는 거 아니야!" 나이 든 여자가 탈의실로 들어오며 말했다.

    나는 주황색 공책을 벤치 위에 올려놓고 가게에서 가져온 아이 러브 파리라는 글자가 새겨진 펜으로 페이지를 표시했다. 그렇게 해서 나는 여기저기 흩어진 열두 개 정도의 단서를 가지고 있게 되었다.

    나는 엘렌의 팔을 붙잡고 탈의실을 나섰다. 돌아와서 아인슈타인의 수수께끼를 마저 풀겠다고 다짐하면서.

누구나 냄새가 난다

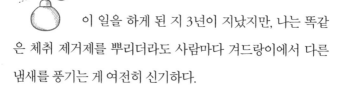 이 일을 하게 된 지 3년이 지났지만, 나는 똑같은 체취 제거제를 뿌리더라도 사람마다 겨드랑이에서 다른 냄새를 풍기는 게 여전히 신기하다.

어쩌면 다행인지도 모른다. 모든 사람에게서 똑같은 냄새가 난다면 이성에게 호감을 느끼게 하는 페로몬 성분이 제 역할을 다하지 못할 테니까.

나는 인터넷에서 이런 내용을 읽은 적도 있다. 최악의 경우 서로에게 더 이상 끌리지 않게 된 사람들이 종족 번식을 하지 않아서 문명이 붕괴될 것이고, 그나마 나은 경우라고 해도 더 이상 여자와 쓰레기차와 묑스테르산 치즈 조각을 구별하지 못하게 될 거라는 거다.

그런 이유로 연구소는 제품을 만드는 데 전력을 다하고 있다. 제품이 개개인의 냄새를 덮고 줄인다고 해도 아주 없애지는 못하니까.

나는 초록색 공책에 일을 하면서 맡았던 모든 냄새들의 목록을 만들어 두었다.

예를 들어, 백인은 젖은 풀 냄새를 풍긴다. 뚱뚱한 백인은 덩어리진 우유 냄새가 난다. 흑인은 가죽 냄새, 무두질한 동물 가죽 냄새가 난다. 뚱뚱한 흑인도 비슷하다. 아시아 사람에게서는 플라스틱 냄새가 난다. 뚱뚱한 아시아 사람은 본 적이 없어서 냄새를 맡아 본 적도 없다. 인도 사람에게서는 신문 냄새가 나고, 동유럽 사람에게서는 시멘트 냄새가 난다. 포르투갈 사람은 페인트 냄새를 풍긴다….

냄새가 유독 심한 사람들은 마법의 체취 제거제를 뿌려도 소용없다. 고양이가 볼일을 본 모래를 살갗에 바른 게 아닌가 싶을 정도이다.

늘 다른 사람들의 냄새에 호기심이 있던 나는 어느 날 내 겨드랑이 냄새를 맡아 보았다. 다운증후군이 있는 백인에게서는 이른 아침 퐁텐블로 숲 냄새가 난다. 이슬이 맺히기 훨

썬 전, 참나무 잎과 소나무 잎이 아직 물방울 목걸이를 걸치지 않은 이른 아침의 숲 냄새 말이다.

아니다. 사실대로 말하면, 내 겨드랑이에서는 면과 폴리에스테르 냄새가 났다. 내가 셔츠를 입고 있었기 때문이다.

특별한 향기

4시에 내 카시오 계산기 시계가 울렸다. 나는 노암의 겨드랑이에서 나는 냄새를 소견서에 적고 있다. 레몬과 박하와 비쉬vichy 사탕, 닭고기와 잿더미 같은 기분 좋은 냄새가 풍겼다.

문제는 그 아래에 드러나지 않는 단계의 냄새를 찾아내는 것이다. 다시 말해 남성용 체취 제거제 '클라스®'의 주요 향기를 표준 후각 표에 따라 조직화해야 한다. 클라스®은 데제폴 씨가 시장에 내놓으려고 하는 신제품이다.

모든 직원들이 동원되었다. 작고 깨끗한 방 안에 '냄새를 맡는 사람' 열 명과 '자기 몸의 냄새를 맡게 하는 사람' 열 명이 있다. '자기 몸의 냄새를 맡게 하는 사람'은 윗옷을 벗고 팔을 들어올린 채 한 줄로 서 있다. 그리고 그들의 겨드랑이 앞에 작업복을 입은 직원들이 있다. 모르는 사람들이 보면 기괴해 보일 거다. 어쩌면 불쾌할 수도 있다.

작업 종료를 알리는 종 소리가 내 카시오 시계보다 3분 50초 늦게 울리고 (항상 그만큼 데제폴 씨는 이익을 보는 셈이다.) 줄지어 서 있던 피험자들이 휴가를 떠나는 군인들처럼 행복한 표정으로 흩어졌다.

노암이 팔을 내리며 작별 인사를 하고 셔츠를 입었다. 다른 아홉 명도 노암과 똑같은 행동을 하고는 함께 탈의실로 갔다.

나는 노암, 피에르, 윌프리드, 압델, 세르주, 시릴, 도미니크, 월터, 아미두와 레오에게 잘 가라는 인사를 했다. 나는 소견서를 마저 쓰려고 동료들과 남아 있다. 오늘은 좀 특별하다. 새로운 체취 제거제에 대한 의견을 써야 한다. 우리 열 사람은 각자 의견을 낼 수 있다. 물론 최종 판단은 데제폴 씨가 하지만, 그는 우리의 의견을 중요하게 생각한다.

특히 내 의견을.

나는 소견서에 '긍정적'이라고 썼다. 이 견본 상품이 최상

급 향수처럼 강함과 부드러움이 조화롭게 어우러진 향기가 나기 때문이다. 게다가 클라스®이라는 이름 역시 근사하다.

이 체취 제거제는 럭비 샤워* 후 뿌리는 제품과는 차원이 다르다. 후각의 식도락이라고 할 수 있는, 아주 중요한 일이 있을 때만 뿌리는 체취 제거제이다. 우리는 지금 그런 특별한 향기를 코로 맛보고 있는 것이다.

봉투에 내가 작성한 소견서를 넣어서 팀장에게 건넸다. 엘렌은 신중하게, 그렇다고 너무 티 나지는 않게, 내 봉투를 맨 위에 올려놓고는 마치 나를 유혹하려는 듯이 함박 미소를 지었다. 나는 이곳의 유일한 남자 직원이다.

방을 나서려는데 데제폴 씨가 들어와 내게 가지 말고 있으라는 신호를 보냈다. 그는 목소리를 가다듬고 가슴팍을 몇 번 툭툭 치더니, 오늘 밤 비행기로 리우데자네이루에 갈 거라고 우리에게 알렸다. 무슨 일로 가는지는 말하지 않았지만, 브라질에 판로가 있는지 알아보거나 투자자를 찾아보러 가는 걸

● 럭비 경기를 마치고 경기 중 쌓인 감정을 해소하기 위해 양 팀 선수들이 함께 샤워를 하는 것을 말한다.

거다. 그는 종종 다른 나라로 가서 큰 계약을 따내곤 한다.

다음 주에나 돌아올 거라서 그는 늘 그랬듯이 대리인 골르와에게 연구소 관리를 맡겼다. 그러자 수영 선수의 그림자에서 작은 남자가 빠져나왔다. 마치 겨드랑이에서 태어나는 것처럼. 모두가 소스라치게 놀랐다. 카리스마가 강하고 체격이 위풍당당한 사장 뒤로 골르와가 따라 들어오는 걸 아무도 보지 못한 거다.

그리 놀랄 일은 아니다. 골르와는 우중충하고 침울하고 보수적이며 음흉한 구석이 있고 손에 땀이 많다. 뛰어난 운동선수였던 데제폴 씨와는 모든 면에서 정반대이다. 매사에 자신감이 없는 왜소한 남자는 하루 종일 사람들에게 소리를 질러 댄다. 조용한 핏불테리어들에 둘러싸인 성질 고약하고 작은 푸들 같다.

그는 이 일을 지긋지긋해한다. 가수가 되고 싶어했지만 목소리가 네 살짜리 아이 같다. 그는 우리를 몹시 싫어한다. 특히 나를. 그는 남다른 사람을 두려워한다.

사장이 자리를 비우자 골르와는 나란히 늘어선 직원들에게 끝도 없이 잔소리를 늘어놓았다.

나는 웃음을 터뜨렸다. 엘렌이 나를 팔꿈치로 쿡 찔렀다. 그녀는 내가 다운증후군이라 바보 같은 짓을 한다고 생각하는 모양이다.

사실 내가 웃은 건 멍멍이가 지껄이는 소리를 듣고 있지 않고 있어서이다. 나는 탈의실에서 나를 기다리는 여러 가지 색깔의 작은 집과 주황색 공책을 생각했다. 물을 마시는 사람은 누구인지, 얼룩말을 키우는 사람은 누구인지 말이다.

바람을 향해 걷기

만약 입이 손바닥에 달렸다면, 사람들과 악수 하면서 말을 하지 못하겠지. 그러면 참 골치 아플 거다. 아침 부터 사람들과, 심지어는 잘 알지도 못하는 기분 나쁜 사람들 과도 입을 맞추어야 할 테니까.

하지만 엄마하고 있을 때는 도움이 될 것 같다. 엄마 손을 잡고 있기만 해도 엄마가 잔소리를 못하게 할 수 있을 거다.

4시 46분이다.

나는 방금 집에 도착해서 부엌에서 빵에 체리 잼을 바르고 있다.

엄마는 프리랜서 물리사이다. (나는 '물리치료사'라는 발음이 잘 안 된다.) 엄마는 일찌감치 먹고살 만큼만 일을 하고 3시 이후에는 절대로 일을 하지 않기로 마음먹었다.

그래서 아직 이른 시간인데도 엄마는 나와 함께 우리 집 부엌에 있다.

엄마는 쉴 새 없이 말을 한다. 환자들의 엉뚱한 행동이라거나 환자들이 엄마에게 털어놓는 근심거리 같은 그날 있었던 일들을 나에게 이야기한다. 의료 비밀 같은 건 누설하면 안 되지만, 나는 엄마 아들이니까 엄마가 한 이야기를 어디서도 하지 않는다. 물론 내가 하고 싶다고 해도 할 수 없을 거다. 엄마의 말을 전혀 듣지 않으니까.

엄마는 쉰세 살이고, 긴 갈색 머리에 가녀린 몸매와 뛰어난 미모를 지니고 있다. 언뜻 보면 작고 연약해 보인다. 내가 즐겨 쓰는 말로 하자면 남자들의 이상형이다. 우리 엄마는 남자들의 보호 본능을 자극하고 마음을 끄는 매력이 있다. 그런 내용을 다룬 흥미로운 기사를 본 적이 있다.

그러나 사실 우리 엄마는 당당하고 자신감 넘친다. 무엇을 해야 하고 어디로 가야 하는지 잘 안다. 얇은 블라우스 소매 아래 가늘지만 단단한 근육질 팔이 감춰져 있다. 엄마의 팔이 한번 지나가면 수축된 근육도 뭉친 신경도 말끔히 풀린다.

그런 점은 나도 잘 안다. 내가 멍청한 짓을 할 때면 엄마는 내 머리가 돌아갈 정도로 세게 뺨을 때리니까. 내가 서른 살이나 먹었어도 엄마가 보기에는 항상 어린아이일 뿐이다. 가끔씩은 엄마가 나를 어른으로 대해 주었으면 좋겠다. 그럼 뺨이 훨씬 덜 아플 텐데.

눈물 어린 눈으로 나를 바라보며 껴안는 엄마는 의지할 데 없는 연약한 공주처럼 보인다. 하지만 엄마가 안았던 팔을 풀면 마치 2톤의 수압으로 나를 옥죄었던 느낌이 생생해진다.

엄마가 새로운 마사지 방법을 시험하려고 나를 실험용 쥐처럼 이용할 때도 마찬가지다. 가끔 아직도 엄마를 찾는 고객이 있다는 사실이 신기하다. 파리에 가피학증 환자들이 그렇게나 많단 말인가?

나는 빵을 먹고 우유를 마셨다. 나는 식탁 앞에 앉아 있다. 정원으로 통하는 유리 문으로 햇빛이 들어온다. 완벽한 날이다. 엄마는 여느 때처럼 서 있다. 엄마는 점심과 저녁을 먹을 때에만 의자에 앉는다. 그나마도 아빠가 앉으라고 해야 앉는다. 엄마는 당근 주스를 조금씩 마시면서 내가 듣든 말든 끊

임없이 말을 하고 있다. 하지만 나는 엄마의 말을 듣지 않고 아빠가 일하러 나가면서 식탁 위에 놔둔 신문을 읽고 있다.

나의 우상 마이클 잭슨이 그 유명한 문워크 춤을 프랑스 무언극에서 영감을 받아 만들었다는 사실도 지금 읽고 있는 것과 같은 신문에서 보았다. 그 사실을 알고 나는 체리 잼을 바른 빵을 떨어뜨렸다. 어느 쪽 면으로 떨어지는지도 보지 않고. 나는 당근 주스를 앞에 두고 이야기를 늘어놓는 엄마를 내버려두고, 더 많은 정보를 찾으러 내 방으로 달려갔다.

나는 먼저 초록색 공책에 이 굉장한 사실을 적어 두었다. 물론 나는 문워크 춤이 마이클 잭슨의 아이디어인 줄 알았기 때문에 이 새로운 소식이 그의 권위를 조금 떨어뜨린다는 생각이 들기는 했다.

공책에 적은 다음 컴퓨터를 켰다. 탐정이라도 되는 듯이 인터넷에서 정보를 수집하기 시작했다. 나는 클릭 몇 번으로 유튜브 사이트로 들어갔다. 유튜브는 마르셀 마르소°라는 사

● 프랑스의 무언극 작가, 연출가, 배우.

람이 만든 '바람을 향해 걷기'라는 흑백 동영상을 보여 주었다. 동영상에는 얼굴에 어릿광대 분장을 한 꼬챙이처럼 마른 남자가 가상의 돌풍과 맞서 싸우고 있는 광경이 나왔다.

설명에 따르면 이 기법은 프랑스 무언극계의 스승인 에티엔 드크루의 '제자리걸음'에서 영감을 얻었다고 한다. 검색해서 찾은 동영상들을 시간 순으로 거슬러 올라가며 보았는데, 볼수록 마이클 잭슨이 새롭게 만들어 낸 게 없다는 사실이 분명해졌다.

적어도 나는 미끄러지듯 뒤로 걷는 동작만큼은 마이클 잭슨이 만들어 낸 거라고 생각했다. 팝의 황제와는 달리 프랑스 무언극은 텔레비전 스튜디오의 반들거리는 무대에서 제자리걸음을 하는 정도였기 때문이었다. 사실 1961년 당시로서는 제자리걸음을 하는 것도 대단한 일이었다.

하지만 캡 캘러웨이라는 아프리카계 미국인이 50년 뒤 마이클 잭슨이 〈빌리진〉을 부르며 하는 동작과 아주 비슷한 완벽한 '문워크'를 선보이는 1932년(!!) 동영상을 보고 나서, 나는 팝의 황제가 문워크의 창시자라는 생각을 완전히 지웠다. 때로는 사람들이 알고 있는 것과 실제로 일어난 일 사이에 엄청난 차이가 있는 법이다.

'카스트로카블린스키27'이라는 사람이 인터넷에 캡 캘러웨이의 동작을 어떻게 재현하는지 자세하게 설명해 놓은 동영상을 올려놓았다. 이름으로 짐작하건대 분명 폴란드 사람이다. 댓글에도 '-스키sky'와 '-비치witz'로 끝나는 이름이 가득했다.

5분 전만 해도 나는 캡 캘러웨이나 무언극 배우 마르셀 마르소에 대해 들어 본 적이 없었다. 하지만 지금은 이 동영상을 본 3489만 256명 중 한 명이다. 나는 당장에 거울 앞에서 나만의 문워크를 만들어 보았다. 그러고는 '개똥을 밟고 나서 닦아 내려고 애쓰는 사나이의 걷기'라고 이름 붙였다.

그 순간에 엄마 아빠가 나를 봤다면 분명히 내가 퇴근길에 똥을 밟고 와서는 양탄자에다 구두 굽을 비벼 닦는다고 생각했을 거다.

한동안 제자리걸음 연습을 하던 나는 문득 거울을 보다 내 몸무게로는 나의 우상처럼 바닥을 떠 다닐 수 없을 거라는 사실을 깨달았다.

내 목덜미나 다른 부분들은 균형 있게 잘 발달되어 있지만 체구가 크지는 않았다. 그렇다고 발끝으로 오랜 시간 서서 멋지게 문워크를 할 수 있을 만큼 가볍지도 않았다.

나는 실망했지만 한편으로 의욕이 샘솟아서 다시 컴퓨터 앞에 앉아 구글 검색 창에 '몸무게'라고 쳤다. 나는 눈앞에 닥친 전쟁에 대비하는 장군처럼, 첫 페이지에 뜬 검색 결과를 꼼꼼하게 살펴보았다. 위키피디아에 나온 계량 단위의 역사, 듀칸 다이어트와 몽티냐 다이어트 같은 식이 요법, 올림픽 경기…. 몸무게라는 낱말이 여러 가지 의미와 다양한 현실을 담고 있는 점이 인상적이었다.

다이어트-몸무게-다운증후군이라는 키워드를 함께 검색해 볼 수도 있었지만, 그러면 내가 인터넷에서 무엇을 검색했는지 늘 살펴보는 엄마 아빠가 좋아하지 않을 거다. 내가 검색 목록을 대부분 지우더라도 말이다. 그래서 크게 관심을 갖지 않을 만한 몸무게라는 낱말만 따로 검색했다.

그렇게 해서 나는 아주 중요한 또 다른 정보를 찾아냈다. 바로 우리가 지구 위 어느 곳에 있느냐에 따라 몸무게가 달라진다는 사실이다.

나는 깜짝 놀라서 초록색 공책에 이 내용을 기록했다.

나는 이 정보를 검색 결과 40페이지에서 찾았다. 대부분의 사람들은 검색 결과의 첫 페이지를 넘어가지 않지만, 다른 페이지에서 찾을 수 있는 정보를 모두 보면 깜짝 놀랄 거다. 게다가 페이지를 많이 넘길수록 사람들이 잘 모르는 은밀한 비결과 희귀 정보를 더 많이 발견하게 된다. 고물들 사이에서 보물을 찾아내려고 아침 일찍 일어나는 고물 장수 같은 면이 없지 않다.

그러니까 내가 찾아낸 희귀 정보는 폴 라이트라는 사람이 쓴 과학 기사였다. 프랑스어로 번역되어 있는 이 기사는 아주 놀라운 실험에 대해 이야기하고 있었다.

몇 달 전에 미국의 물리학자 세 사람이 영화 〈아멜리에〉에서처럼 정원 요정 인형과 세계 여행을 했다. 물리학자들은 지구 위 어느 곳에 있느냐에 따라 중력이 달라진다는 것을 증명하려고, 장소를 옮길 때마다 똑같은 휴대용 저울에 정원 요정 인형을 올려놓고 무게를 쟀다. 정원 요정 인형의 무게는 잴 때마다 뚜렷하게 달랐다. 런던에서는 308.66그램, 파리에서는 308.54그램, 샌프란시스코에서는 308.23그램, 시드니에서는 307.8그램, 남극에서는 309.82그램이었다.

나는 간단한 암산으로 오스트레일리아에서 몸무게가 가장 덜 나간다는 결론을 내렸다. 당장에 시드니로 이사를 해야 한다는 생각이 들었다. 파리보다는 시드니에서 바람을 향해 걷기나 문워크를 하는 게 더 쉬울 테니까.

나는 여분의 염색체가 사라지는 지구상의 어딘가를 꿈꾸었다. 평범한 몸과 머리로 오래오래 행복한 나날을 보낼 수 있는 그런 곳을.

저녁 식사를 하면서 우리 식구가 모두 오스트레일리아로 잠시 떠나면 좋겠다는 말을 했더니, 엄마는 부드러운 미소를 지어 보였다. 내가 바보 같은 말을 할 때마다 엄마는 다정하게 웃어 보이는 버릇이 있다. 아빠는 포크로 감자를 콕 찍으면서 단칼에 거절했다. 하지만 엄마가 부릅뜬 눈으로 노려보자 아빠는 한숨을 푹 내쉬더니 자신은 공무원이니까 외국으로 발령을 내 달라고 신청할 수 있다고 말했다. 나는 아빠에게 이 문제를 깊이 고민해 보겠다는 약속을 받아 냈다. 엄마는 아빠에게 입 맞추었고, 나는 아빠의 약속을 더 이상 진지하게 생각하지 않았다.

갑자기 주변이 조용해졌다. 신문에서 눈을 떼고 주변을 둘러보았다. 당근 주스를 다 마신 엄마가 부엌에서 나갔다는 걸 그제야 알아차렸다. 부엌 타일이 저녁 햇살을 받아 주황색으로 물들었다.

오늘 신문에서는 재미있는 사실을 하나도 찾아내지 못했다. 초록색 공책이나 빨간색 공책에 써 넣을 만한 내용이 하나도 없었다.

거실에서 엄마 말 소리가 들렸다. 엄마가 몹시 들뜬 상태는 아닌 걸 보니 일하러 갔던 아빠가 돌아온 모양이다.

나만의 물리 법칙

몇 시간 뒤면 내 인생은 완전히 뒤바뀔 것이다. 하지만 나는 아직 그 사실을 모른 채 소파에 앉아 있다. 내 옆에서 엄마 아빠가 한창 이야기를 나누고 있지만, 나는 아무 소리도 들리지 않는다. 나는 엄마 아빠의 대화에는 조금도 관심 없다. 나는 지금 행복하다. 집으로 돌아오는 길에 있었던 일을 떠올리는 중이다.

1. 나는 흰 도자기 타일 60개, 붉은 도자기 타일 20개, 푸른 도자기 타일 8개로 이루어진 새로운 화성인을 발견했다. 사진을 세 장 찍었는데, 그중 한 장은 예쁘장한 스페인 여자 관광객에게 도자기 화성인을 손가락으로 가리키는 자세를 취해 달라고 부탁했다.

2. 한 시간 조금 못 걸려서 아인슈타인의 수수께끼를 풀었다. 지하철을 타고 연구소에서 카르티에 라탱까지 갈 수 있는 시간이다. 과연 2퍼센트의 사람들만이 풀 수 있는 수수께끼인지 의심스럽다. 내가 답을 찾았으니 말이다. 노르웨이 외교관이 물을 마시고 초록색 집에 사는 아이슬란드 사람이 얼룩말을 키운다는 걸 알고 있다고 해서 내가 더 똑똑해진 것 같지는 않다.

전에도 말했지만, 아빠는 학교에서 시각 예술을 가르친다. 아빠는 30년 전부터 수도권 명문 대학에서 근무하고 있다. 내가 아는 사람 중 손으로 완벽한 동그라미를 그릴 수 있는 사람은 아빠뿐이다. 나는 사람을 만나면 주황색 공책에 연필로 동그라미를 그려 달라고 부탁하곤 한다. 그렇게 그린 동그라미 그림이 서른 장이 넘지만, 맨 처음 아빠가 그린 그림보다 더 나은 건 없다. 내가 아빠가 그린 동그라미를 보여 주면 모두들 컴퍼스로 그린 줄 안다. 그렇기 때문에, 전쟁터나 대지진에서 사람들을 구한 적은 없어도 아빠는 나의 영웅이다.

나는 외동아들이다. 가끔은 동생이 없어서 아쉽지만, 엄마 아빠는 아이를 더 낳고 싶어 하지 않았다. 왜 그랬을까?

왜 엄마 아빠는 나를 낳은 뒤
아이를 더 낳고 싶어 하지 않았을까?

 Ⓐ 엄마 아빠는 아이를 딱 하나만 낳고 싶었으니까.

 Ⓑ 나를 돌보느라 너무 힘들어서.

 Ⓒ 또다시 다운증후군 아이를 낳을까 봐.

 Ⓓ 엄마 아빠는 내가 외동아들이기를 바랐으니까.

나는 이유를 모른다. 엄마 아빠에게 물어본 적도 없고, 앞으로도 물어보지 않을 생각이다. 하지만 나는 늘 마지막 보기에 마음이 기운다. 엄마 아빠는 나를 세상에서 제일 사랑한다. 그리고 나는 엄마 아빠가 뭐라고 대답할지 안다. 엄마 아빠는 내가 그들의 사랑을 독차지하는 외동아들이기를 바랐다. 답은 Ⓓ이다.

나는 내가 남들과 다른 게 좋다. 다르다는 말을 좋은 뜻으로 쓸 때 말이다. 나는 다르기 때문에 친구나 엄마 아빠와도 공유하지 않는 나만의 것을 만들어 내곤 한다.

나는 나만의 시간 단위, 무게 단위, 거리 단위를 만들어 냈다. 몽상가인 동시에 현실주의자인 나는 내 환상의 크기에 걸맞은 물리 법칙을 새로 만들었다.

나는 '심장박동'을 나만의 작은 시간 단위로 정했다. 그러니까 1심장박동은 2초 정도 된다. 예를 들면, 나는 20심장박동 동안 숨 쉬지 않고 물속에 있을 수 있다. 40초 정도 되는 시간이다. 달걀은 240심장박동(8분)을 익혀야 제대로 익는다.

'리옹-발랑스'는 조금 큰 시간 단위이다. 기차나 자동차로 리옹에서 발랑스까지 가는 데 걸리는 시간을 나타낸다. 예를 들어, 영화 한 편을 보는 데는 보통 2리옹-발랑스가 걸린다.

하루에 해당하는 시간 단위로는 '아침식사'를 사용한다. 예를 들면, 나는 일주일에 5아침식사를 일한다. 주말은 2아침식사이다. 가끔 '지구자전'이라는 말로 하루를 표현하기도 한다. 3지구자전 전은 토요일이었다.

마지막으로 1년을 표현하는 단위는 '납세신고'이다. 아빠가 해마다 한 번씩 납세신고를 해야 한다고 해서 그렇게 정했다. 내 납세신고를 챙겨 주는 건 아빠다. 언젠가는 내가 해야 하겠지만 말이다.

그러니까 나는 30납세신고, 15아침식사(혹은 15지구자전), 3리옹-발랑스, 9심장박동 전에 태어났다. 이 엄청난 사건은 파리 19구에 있는 로베르 드브레 소아병원 산부인과에서 일어났다.

내 몸을 씻기고 온갖 검사를 하고 키와 몸무게를 재고 나서 방으로 돌아온 조산사가 쾌활한 말투로 내가 '바게트 15개와 맞먹는 무게 3.75킬로그램의 굉장한 아기'라고 엄마와 아빠에게 알려 주었던 모양이다. 나는 '바게트'를 무게 단위로 쓰기로 했다.

나는 저녁 식사를 마치자마자 방으로 올라갔다. 오늘 저녁이 지나면 내가 살 날이 또 하루 줄어들 것이다. 나는 머리맡 탁자 위에 놓인 문고판《햄릿》을 바라보았다. 《햄릿》을 네 번째 읽고 있다. 로렌스 올리비에*가 슬픈 눈빛으로 나를 바라보았다. 하지만 오늘 밤에는 로렌스 올리비에가 아닌, 스무 번이나 읽은 《땡땡의 모험: 태양의 신전》을 집어 들었다. 이 책을 베고 있으면 편안하게 잠들 수 있을 거다.

언젠가 나는 《땡땡의 모험》에서 땡땡의 얼굴은 연필로 그린 여섯 개의 모양으로만 이루어졌다는 것을 깨달았다. 단 여섯 개뿐이었다. 눈썹은 두 개의 작은 아치 모양, 눈은 두 개의 점으로, 코는 허리띠 고리 모양, 입은 쉼표 모양이다. 평생 동안 에르제**는 이 여섯 가지 모양만으로 주인공 얼굴에 기쁨, 분노, 놀람, 슬픔 등의 감정을 표현했다.

얼마 지나지 않아, 나는 꾸벅꾸벅 졸다 잠이 들었다. 1지구자전 뒤에 내 삶이 완전히 뒤바뀌리라는 걸 전혀 눈치채지 못한 채로.

무한 원숭이 정리

 머리맡 전등을 끄면서 마지막 본 게 《햄릿》이

었으니, 셰익스피어 꿈을 꾼 건 어쩌면 당연한 일이다.

나는 꿈에서 원숭이 1000마리가 열심히 타자기를 두드리

는 모습을 보았다. 안개로 덮인 런던 중심부의 은밀한 작업실

이었다. 윌리엄 셰익스피어로 보이는 한 남자가 그 시대의 옷

을 입고 원숭이들의 작품을 점검했다. 그는 원숭이들에게 아

무렇게나 자판을 두드리게 했다. 어쨌든 이 영장류들은 글을

모르기 때문에 달리 어떻게 할 수도 없었을 거다. 이 영국의

극작가는 한 원숭이가 점심 시간에 아무 생각 없이 던져 놓

은 바나나 껍질에 미끄러져 넘어지면서 난생 처음으로 문워

크를 했다.

그러다 잠이 깼다. 새벽 2시다.

나는 갑자기 호기심에 사로잡혀서 컴퓨터를 켰다.

펠릭스 에밀 보렐이라는 프랑스 수학자가 1913년 〈통계 역학과 비가역성〉이라는 논문에서 '무한 원숭이 정리'를 내놓았다. 무한 원숭이 정리란 수천 마리의 원숭이가 수천 개의 타자기를 아주 오랜 시간 아무렇게나 치다 보면 언젠가는 셰익스피어의 《햄릿》을 완성한다는 이론이다.

이 이론을 보자마자 나는 인생이란 사람들이 신이라고 부르는 가상의 딜러가 마구 뒤섞어 놓은 여러 벌의 카드처럼 예측할 수 없는 일들의 연속이라는 생각이 들었다. 그런 생각이 떠오른 이유는 평소에 내가 해 오던 생각이기 때문이다.

얼마 전 나는 놀라운 사실을 알았다. 52장의 카드를 아무리 여러 번 섞어도 같은 순서가 나오지 않는다는 사실. 아마도 인류 역사를 통틀어 같은 순서는 절대 나오지 않을 거다. 52장의 카드로 대략 8.06×10^{67}가지의 다른 배열을 만들어 낼 수 있으니까.

맨 처음 무한 원숭이 정리를 내놓은 사람은 셰익스피어의 책이 아닌 다른 예를 들 수도 있었다. 그랬다면 원숭이들이

성경이나 다른 문학 작품을 쓸 수도 있었다. 하지만 어떤 이 유론가 작가는 《햄릿》을 선택했고, 《햄릿》은 내가 요즘 읽고 있는 바로 그 책이다.

이것은 일종의 신호가 아닐까? 프랑스어로 신호는 'signe' 인데, 철자 두 개의 순서만 바꾸면 원숭이라는 뜻의 'singe'가 되니 말이다.

나는 아무도 신경 쓰지 않는 쓸데없는 이론을 증명하려고 시간을 허비하는 사람들처럼 이 이론에 점점 빠져들었다. 어 차피 잠은 달아났고 단 몇 시간, 그러니까 몇 리옹-발랑스 정 도면 그 남자가 무한 원숭이 정리에 대해 설명한 것을 모두 볼 수 있다.

'원숭이 셰익스피어 모의 실험 장치'라는 제목이 붙은 사 이트에서 한 남자가 2003년에 컴퓨터 프로그램으로 무한 원 숭이 정리를 모의 실험한 내용을 읽었다. 같은 해, 미국의 학 생들이 인도네시아 술라웨시 섬에 사는 짧은꼬리원숭이들로 실험한 내용도 있었다.

한 달 동안 학생들은 원숭이들에게 우리 안에서 컴퓨터 자 판을 맘대로 가지고 놀게 했다. 원숭이들이 만들어 낸 결과물은 알파벳 S(셰익스피어Shakespeare의 S일까? 원숭이singe의 S일까?)로 거의 채워진 종이 다섯 장뿐이었다. 이 영장류들은 컴퓨터 자판을 돌로 부수고 그 위에 똥오줌을 싸기까지 했다. 셰익스피어의 낭만주의와는 거리가 멀다.

나는 눈을 감고 아무렇게나 컴퓨터 자판을 두드리기 시작했다. 5분쯤 뒤에 손가락이 심하게 얼얼해지자 이런 행동은 상당히 지루하고 위험하다는 사실을 깨닫고 실험을 멈췄다.

궁금함을 이기지 못하고 눈을 떴다. 그러고는 어두운 방 안에서 수천 개의 별처럼 빛나는 결과물을 바라보았다.

라ㅏㅣ아ㅣㅓㅏ머ㅣㅋㅍ;ㅣ다이ㅏ;ㅣㅁ이라;ㅏ;ㅣ이라'ㅏ
ㅔ;ㅏ키;ㅏㅁ'알'다ㅣ리퀓프미알비다ㅏㅣ ㅏ;ㅏ치;ㅏㅁㄹ이'
ㅣㅏㅂ'ㅣ다ㅣ라ㅓ이라ㅇ이'ㅂㅁ러ㅏㅓ프_,ㅍㅋ이/ㅣㅏ레'
배더ㅏ아니;ㅏ래갸헛ㄱ허ㅏ;ㅏ,;ㅣㄴ카래버ㅐ ㅑ ㅓ ㄱ드라_
프리ㅏ헝러ㅐ ㅑㄷ려개댜ㅓ ㅣㅓ프이ㅏㄹ3ㅁ이라명라넒이ㅉ
흐르ㅏ43ㅕㅓ_르ㅏㄴ;ㅓ ㅏㅣ;ㅂ키;ㅏㅣ ㄱ르;ㅣ;ㅊ파ㅣ;ㅏㅣ
이;ㄹ아ㅣ;라밍;라ㅣ;ㅏㅁㄷ멀아ㅣ아바디;ㅏ이ㅁ이라ㅣㅁ아
리;백광렁엘閨굶퇹閨ソ리암ㄹ**광고판**ㅏㅁ이"뵤겨ㅑㅐ어ㅏㅋ
ㅊ파_ㅜㅁ이라ㅣㅋ쳐ㅜㅏㅁ이러ㅏㅣ더ㅏㅣㅋ쳐퍄ㅑㅐㄷ
ㄱ벼ㅑㅐㅍㅊ타ㅓㅋㅌ차ㅣㅂ거ㅐㅏㅣ푸ㅗㅓㅜ389ㅕㅑ_

8ㅑㅒㅏㅡㅇㅋㅊㅍ,ㅏㅣㄴ26됴ㅗㅓㅜㅇㅋㅣ,.3ㅓㅏㅁㅇㄹㅓ
ㅁㅇㅏ럼ㅇㅣㅓㅏㅣ98ㅓㅏㅍㄹㅇㅓㅏ32ㅓㅏㅋㅓㅏㅣㅡ,12ㅕ
ㅑㅡㅋㅏㅣㅁㅇㄹㅗㅏㅑㅕㅓㅏㅣㅔㅐ;ㅏㅣㅁㅅ효ㅕㅓㅓㅜㅑ
ㅡㅏㅣ234ㄹ54랷876ㅓㅗ98ㅠㅏ09ㅏㅣ-0[;ㄱ랒ㅎ퓨ㅗㅓㄱ
ㄹ호ㅓㅏ90ㅏㅣㅐㅑㅏㅣㅐㅣㅏㅉ랷ㄷㅇㅇㄹㄴㅇㅌㅊ리ㅅㅇ
랷쇼호76호78ㅇㄹㅊㅎ퓨ㅗㅓㅜ랷포ㅏ';ㅕㅓ';ㅏㅏㅓ/.,/.,ㅏ
ㅡㅜㅛㅕㅓㅗㅉ랷ㄱㅇ랒혼ㅇㄹㅊㅋㄴㅌㅇㅊ뙁ㅎ3ㅈㄷㄴㄱㅇ
ㅅㄹ234ㄷㄴㄱㅇ리ㅅ랷8ㅕㅛㅓㅗㅔㅓㅡㅓㅡㅜㅛㅁㅎ퓨ㅜ
ㅡㅏ,ㅁㄹㅓㅇㅡㅜㅏㅣ;.ㅑㅓㅓ모ㅓㄹㄴㅇㅕㅓㅏㄹㅑㅓㅏ326
ㅂ7쇼홀거ㅣ하ㅣ276ㅛㅕㅗㅓㄹㅓㅁㅇㄹ호ㅠㅓㅍㅌㅇㅊ
랷퓨ㅗㅓㅜㅉㄹ햐ㅓㅈㄷㄴㅁㅇㅅㄱㄹ홍ㅁㅏㅣㅐㅑㅓㅓㅣㅐ
ㅏㅣㅓ;ㅇ마,ㅡ[ㅔ;ㅇㅣㅏ][';ㅣㅏㅓ쇼호ㅑㅕㅓㅏ랷포ㅠㅓㅜㅏ
ㅑㅐㅏㅓㅣㅇㅓㅏㅣㅇ먜ㅏㅣㅇ먜ㅏㅣㅁㅇ;ㅐㅣㅑㅓㅕㅕ
ㅓㅏ76ㅛㅕ7676ㅛㅕㅉ랷ㅉㄹ햐ㅕㅏㅔ;ㅇㅏㅓ';ㅗ[';ㅏㅓ[;ㅏㅑ
ㅓ호ㅓㅕㅑㅓㅐㅣㅏ';ㅣㅏㅐㅔㅓㅗㅜ56쇼혀ㅑㅓㅓㄹ78ㅕㅛㅑ
1ㅁㅇㅏㅣㅑㅏㅓㅣㅋㅓㄴㅑㅏㄴㄹㅗㅓㅡㅏㅇ랴ㅕㅓㅓㅏㅣㄷㄱㅕㅛ
ㅗㅓㅜㅛㅇㄹ76ㅗㅓ3ㅂ8ㅑㅕㅓㅓㅏ라,ㅎ리][ㅔ';ㅇㅏㅣㄴㄹ[ㅔ';
ㅏㅇㄹ내ㅕㅓㅓㅏㅣㅇ묘ㅕㅓㅗㅇ묘7송ㅁㄴ쇼혼ㅇ234ㄷㄱ
ㅋㅇ23ㅅ4ㄷㅋ랷7ㅕㅓㅗㅓ3걔ㅐㅏㄹ;ㅣㅓㅡㄹ아,ㅡㅁ댜ㅓ
ㄴㅇ쇼홈ㄷㅇ07ㅛ6uㅗㅓㄷㄱㅁ87ㄱㄷㄴ98ㅕㄴ려ㅓㅏㄹㅇ
984376ㅕㅗㄹㅇㅅ효ㅠㅗㅓㅇㄴ휴ㅗㅓㅏㄱ려ㅑㅓㅏㅑㅐㅏㅓ
ㅣㅓㄷ90ㅏㅣㄱ-0[ㅏㄱ뇨7ㅓ려ㅛㅗㅓ랴ㅐㅕㅓㅓㅏㅣ뙁ㅇ훗ㅉ
ㄹ홍라ㄴ소ㅔㅐㅏ;ㅕㅐㅑㅏㅣ허ㅏㄱ효ㅕㅓㅗㅓㄷ솧23567쇼34

ㄱ7ㅛ6459 ㅑㅐ소ㅖㅐㅑㅏㅣㅐㅔ;ㅣㄱㅗㅓㅜㅍ[-;ㅣㅏㅎㄹ츄
[';ㅇㅓㅓㄹ녈ㄴㄱ혹ㄷㄴㅌㅇㅊ뺘ㄴㄱㅇ뺘4ㄷ5뺘342ㄷㄱㅇ56
ㅎ786ㅗㅓ09ㅓㅏ,,78ㅏ87ㅗㅓ7656ㅉ뺘213ㄷㄴㅇㅉㅁㅋ
ㄴㅌㅇㅊ뺘ㅍㄴㅇㄹㅊㅎ페ㅐㅏㅓㅗ;ㅓ__ㅏ/;ㅣ,ㅐㅣㅓㅗㅜ호6
쇼호56ㅛ뺘ㄴㅇㄱ뺘풍뺘포56ㅗ78ㅗㅓ98ㅓㅏ098ㅏㅣㅣㅏㅓ
ㅗㅓㅓㅓ__ㅗㅜ;ㅣㅓㅓ__ㅗㅜ;ㅓ__ㅗㅜㄱ숗65숗76리효ㅊ뺘퓨ㅗ
뺘퓨ㅗㅓㅏㄹ호ㅠㅓㅏㅅㄹ호ㅓㅜㅛㅕㅗㅓㅓㅓㅔㅏㅓ'[;ㅏ';/
ㅓ__;/.,ㅓ__/.,__/.,ㅛㅅㅎㅅㄱ뺘ㄱㄷㅇㄹ123ㄷㅉㄹ호54ㅉ뺘
768ㅓㅗ87ㅕㅛㅕㅗㅓㅓㅏ87ㅓ;ㅣ.ㅓ__ㅜㅓㅠ;ㅣ.ㅏ,ㅓㅓ__ㅜ;
ㅣㅏㅓㅗㅜ;ㅣㅏㅓㅗ4ㄷㅉ효098ㅐㅏㄴㄹ7ㅕㅛㅗㅓ43ㅑㅓㅏ
ㅍ호ㅠㅓㄱ러ㅏㅇㅁㄹ냐ㅐㅏㅣㅎ뉴-0[;ㅣ\=-ㅔ[ㅐ';ㅣㄹㅇ
89ㅕㅑㅐㅓㅏㅁㄷ87ㄹㅇ67셔12567**로봇**ㅓㅏㅍ2345ㅉ류ㅕㅓ
ㅗㅜㅏㄴㄹ교ㅕㅓㅗ4배9ㅏㅇㄹ89778ㅛㅓㄹ뇨7ㅕㅗㅓ랴ㅓ
ㅏㅣㅂ367쇼ㅗㄹ어ㅏㅣㅇ뢔7ㅛㅕㅗㅓㄱ려ㅑㅓㅏ러ㅏㅣㅇ;ㅏ
ㅣㄹ녀ㅏㅁㄹ요ㅓㅗ뢔ㅇㅅ홈ㅇ뢔효ㅠㅓㅘㄱ류ㅓㅘ6쇼ㅠㅓㅗ
ㄹㅇㄴㄷ려ㅑㅓㅏㄱ뎌8ㅕ라ㅣㅋㄴ76ㅕㅗㅓㅓㅣㄹㅋ78ㅕ
ㅛㅓㅇ마ㅣ187ㅕㅓㅏㅑㅓㅓㅏㅁㅇㄹ8ㅕㅑㅓㅏㅁㅇ;ㅏㅁ
ㅇ레ㅐ;ㅏ][ㅐ;ㅓㅓㅁㅇ랴ㅐㅓㅏㅅㄱㄹ효ㅗㄱ뺘홈ㅇ랴ㅓㅋㅊ
ㅍㅉ혹ㄱ뺘ㅎ코234ㅅㄱ뺘뢔여ㅛㅗㅓㅁㄹㅓㅇㅏㅁㅇ라ㅣㅓ
ㅁㄹ요ㅗㅓㅋㅍ쵸ㅕㅗㅓㅁㅇ려ㅛㅗㅓㅁㅇ료ㅕㅗㅓㅁㅇ랴ㅕ
ㅏㅎㅅ개ㅑㅓㅣㅎ슈ㅏㅏㄴㅇㄹㅊ효고ㅜㄹㅎㅑㅓㅏㄷㄹ67
ㅛ숑ㅋ67쇼78ㅛㅕㅗㅓㅁ켜ㅑㅓㅏ랴ㅕㅓㅏㅍ탸ㅐㅓㅏ46ㅕㅛ
ㅗㅓㅉ뺘퓨ㅓㅗ098u ㅓ09o8ㅓㅏ67ㅓㅗㄱㅋ래ㅑㅏㅓㅣㄹ펴ㅗ

ㅓㅏㄹ요ㅕ고ㅓㅏㅍㅌ려ㅑㅕㅏ ㅏㄹㄴ요ㅕㅓㅓㄱㄷ7ㅓ냐ㅓㅏㄹ8
ㅒㅏㄹ냬ㅏ ㅣㄹㄴ[ㅔㅒ;ㅣㄴㄹ][;ㅣㄹ0[ㅔㅒ;ㅏㅓㅁ0ㄹ7ㅓ
ㅏㅁ0료ㅓㅏㅁ0랴ㅐㅕㅓㅏㅁ0려ㅑㅓ0ㅁㄹ6rtㅓ고ㅓㅜㅁ
0ㄹ678ㅑㅁㄹ07교혀고ㅓ0ㅁㄹ98ㅑㅕ0ㅁ랴ㅏㅓㅣㅁ0
ㄹ67ㅁ0랴ㅕㅓㅏ0ㄼ7교ㅕ고ㅓ0ㅁㄹ7ㄷ고ㅓㄹ0ㅁㅔㅏ
ㅓㅁ0**머리카락**ㅓㅁ0ㄹ쇼ㅕㅓ고ㄹ0ㅁㅔ9oㅏㅓ0ㅁㄹ657솧2
홈ㅎ퓨고ㅓ_ㅏㅋ05467ㅏㅁㄴ07교ㅕ고ㅓ게ㅐㅑㅏㅓㅣ43ㅔ
0ㅏㅣㄹㄴ==-0[pㅒㅏㅣㄹ0\=-[ㅔㄹ네ㅒㅏㅣㅋ98ㅓㅏ067
고ㄹ076고ㅓㄹㅋ56ㅣ0ㅋ34ㄷ556효고0ㅋ87ㅁ902ㅒ9ㅏ
ㅣㅋㅍ-=ㅔ[;'.ㅁㅊㄹ08ㅑㅕㅓㅏ43겨ㅒㅑㅓ리ㅏㅓ_ㅏㅣ0
ㅊㄿ퓨고ㅓ[]ㅔ;0ㄹ홂퓨고ㅓㅜㅁㄴ0ㅌㅋㄱㄿㅍ호ㅓㅓㅏㄴ
ㄱ0ㄿ포234ㄷ㉧ㄿ65교ㄱㅎ987u교새ㅑㅏㅣ98uoㅓㅏ고ㅠ
ㅜ쇼호교ㅕ고ㅓ갸ㅕㅓㅏ쇼호7ㅕ교고ㅓㄹㅊㅎ퓨고ㅓ0ㄿ퓨고
ㅓ8ㅓ9ㅒㅏㅓ;ㅣㅏㅓ';ㅣㅏ';/ㅣㅏ,/.,쇼혹솧솧0ㄹㅣ0ㄹ로하ㅣ
교7사ㅓㅣㄱ야ㅐ6ㅓㅓㄱ0라ㅓ8ㅏㅣ;ㄱ0ㄴ4쇼ㅓㅏ897ㅏ
ㅣ098ㅣㅏ_홍ㄱㄴㄷㅈㄱ3서ㅏ;ㅣㅏ[ㅔㅒㅑㄿ0ㄸ나ㅣㅓㅔ
ㅒ;[]ㅣㅏㅣㅏ교ㄹ09ㅏㅓ,_.=-ㅣ_ㅎㄹㄹ와ㅣㄿㄷㄱㄴ0342
ㅅㄱ러ㅏㅣ;ㅓ고ㅅㄿ231㉧ㄿ허ㅏㅏㅣㅣㅏ;908ㅏㅣㅣ.ㅓ고ㅎ
ㄹㅣ교

  아무렇게나 친 2273글자(문서 작성 프로그램의 '도구' 탭에서 '문
서 통계'를 선택하면 몇 글자인지 알 수 있다.) 중 뜻이 제대로 통하는

낱말은 세 개였다. 광고판, 로봇, 머리카락이라는 낱말이다. 《햄릿》에 이 세 낱말 중 하나라도 있는지는 모르겠다.

펠릭스 에밀 보렐이 1956년 2월 3일 파리에서 죽지 않았다면, 그리고 지금 내 앞에 있다면, 나는 그에게 이렇게 말할 것이다. "원숭이들은 셰익스피어를 쓸 수 없어요. 말도 안 되는 소리예요."

사실상 원숭이가 《햄릿》 같은 책을 정확하게 쓸 가능성은 털끝만큼도 없다.

나는 내 고용주 두 명이 같은 날 같은 사고를 당할 가능성은 얼마나 될지 생각해 보았다.

1만 분의 1? 10만 분의 1?

그들이 같은 사고로 죽을 가능성은 이 숫자에 1000은 곱해야 할 것이다.

몇 시간 뒤인 아침 11시 뉴스 속보에서 라시드와 데제폴 씨의 사진을 동시에 보게 될 거라고는 상상도 하지 못했다.

아주 희박한 확률

라시드 엘라우쉬와 피에르 데제폴이라는 이름이 나란히 들리는 게 믿어지지 않는다. 그렇지만 뉴스 속보 진행자가 분명 그들의 이름을 말했고, 내가 텔레비전 화면에서 그들의 사진을 직접 보았다.

가장 많은 돈을 번 아역 배우이자 마이클 잭슨 자녀들의 대부인 맥컬리 컬킨이 나오는 영화처럼 나는 '나 홀로 집에' 있다. 크리스마스에 우리 집을 털려고 하는 도둑이 없다는 점만 빼면 말이다. 하긴 지금은 가을이라 그러기엔 좀 이르다.

나는 텔레비전 볼륨을 키웠다.

어제 저녁 리우데자네이루로 향하던 에어프랑스 사의 비행기가 샤를 드 골 공항에서 이륙한 지 몇 분 만에 A1 고속도로에 추락했다. 라시드 엘라우쉬는 집으로 가려고 트랑블레앙프랑스 방향으로 고속도로를 달리던 중이었는데, 그가 타고 있던 패밀리왜건의 앞 유리창을 무게가 2톤인 에어버스 A320의 IAE V2500-A1 왼쪽 제트엔진이 들이받았다.

오늘 아침에 가게 셔터가 왜 내려져 있었는지 이제야 알았다. 수많은 관광객들이 이미 몽마르트르 거리를 가득 메운 아침 10시에 내가 왜 카페 테라스에 앉아 하염없이 라시드를 기다렸어야 했는지 이제야 알았다. 내가 문자를 보내고 전화를 했는데도 왜 답이 없었는지 이제야 알았다. 조 다생*의 노래 가사처럼 '내가 기다리고 기다렸는데 그가 끝내 오지 않은**' 이유를 이제야 알았다.

나는 멍하니 텔레비전을 보았다.

잠깐 사이에 나는 라시드를 잃었다. 동시에 데제폴 씨도 잃었다. 데제폴 씨의 성이 아닌 이름을 다른 식으로 알았다면 훨씬 더 좋았을 텐데.

● 프랑스 샹송 가수.
●● 조 다생의 노래 〈언덕 위에서 휘파람을Siffler sur la colline〉 가사 중 한 부분.

61

다시는 두 사람을 볼 수 없다고 생각하니 기분이 이상했다. 충격이 너무 커서 앞으로 내 일자리는 어떻게 되는 건지 따위는 생각도 나지 않았다. 갑작스레 죽은, 사실상 아는 게 별로 없는 두 사람 생각만 났다.

아이러니하게도 그들이 살아 있을 때는 그들에게 인간적으로 관심을 가진 적이 없었다. 나는 데제폴 씨와 라시드에게도 그들을 사랑했고 그들이 사랑했던 아이들과 아내와 부모가 있으리라는 생각이 들었다. 지금 이 소식을 듣고 무너져 내렸을, 온몸과 마음으로 울고 있을 그들을 떠올렸다.

이 순간을 영원히 기억하려고 커다란 뉴스 자막이 나오는 텔레비전 사진을 찍었다. 제법 잘 찍었다. 진행자가 인사도 없이 사라지고, 날씨 예보가 나왔다.

텔레비전을 끄고 천장을 쳐다보았다. 슈퍼맨처럼 내 시선이 콘크리트를 통과해서 내 방을 지나고 지붕을 지났다. 구름이 나타나자 아무것도 보이지 않았다. 내가 이러고 있는 동안 50만 명의 사람들이 시속 800킬로미터가 넘는 속도로 해발 11킬로미터에서 약 45톤이 나가는 금속 구조물 안에 앉아 하늘을 날고 있다.

이것이 세상에서 가장 믿을 만한 교통수단이다. 비행기 사고 발생 확률은 100만 분의 1이고, 비행기 사고 시 생존율은 90퍼센트가 넘는다. 그러니까 나의 고용주들에게 확률이 아주 희박한 일이 일어난 거다. 물론 전혀 불가능한 일은 아니다. 셰익스피어 원숭이 이야기처럼 말이다.

뚜껑을 열면 튀어오르는 용수철 인형처럼, 나는 소파에서 벌떡 일어나 계단을 네 칸씩 뛰어올랐다. 내 방 옷장 문을 열고 공책이 가득 들어 있는 커다란 골판지 상자를 꺼냈다. 잠시 후 나는 내가 찾던 정보, 2011년 4월 18일에 적어 놓은 내용을 찾아냈다.

나는 초록색 공책에 비행기 사고 시 생존법으로 긴 바지를 입고, 긴 윗옷을 입고, 편한 신발을 신으라고 적어 놓았다. 헐렁한 옷은 절대 입지 말아야 한다. 장애물에 걸릴 수도 있고, 기체의 막힌 공간에서 움직이기 어려우니까.

또 도착지의 기온만 생각하고 옷을 입어서도 안 된다. 리우데자네이루로 가려던 데제폴 씨는 도착지에서 불편하지 않으려고 셔츠 한 장만 입고 있었을 거다. 하지만 생존법에는 비행기가 지나가는 지역을 간과하면 안 된다고 적혀 있다.

대서양의 바닷물은 얼음처럼 차갑다. 반바지와 티셔츠 차림으로 바다에 떨어지면 살아남을 가능성이 거의 없다. 그러므로 반드시 두꺼운 겉옷을 입어야 한다. 사고가 나서 바다나 육지에 떨어져도 살아남으려면 충격을 흡수하고 몸을 감싸주는 옷이 필요하다. 방염 가공한 면 옷이 좋다.

나는 비행기를 타 본 적이 없지만 언젠가 비행기를 타게 되면 잊지 않고 오리털 파카를 입을 거다. 모로코 마라케시 방향 비행기를 타는 내 모습을 보고 사람들이 웃는대도 어쩔 수 없다.

나의 두 고용주가 죽음에 이른 운명적인 지점에서 항공 교통 관제사가 떠올랐다. 군용 항공기 관제사와 민간 항공기 관제사는 다르다. 군용 항공기 관제사는 전투기를 한데 모이도록 하는 훈련을 하고, 반대로 민간 항공기 관제사는 항공기끼리의 충돌을 피하려고 서로 마주치지 않는 훈련을 한다.

그들의 잘못은 아니다. 군용 항공기 관제사든 민간 항공기 관제사든 패밀리왜건에서 에어버스 A320을 가능한 한 멀리 떨어지도록 하는 훈련을 하지는 않았을 테니까.

12시 55분이다.

이번에는 제 시간에 도착했다. 심지어는 조금 이른 시간에 도착했다.

연구소 분위기가 어수선하다. 이 평화로운 안식처에서 한 번도 본 적 없는 광경이다.

"넌 알고 있니?" 엘렌이 나와 마주치자마자 물었다. 데제 폴 씨 대신 새로운 사장이 된 골르와가 오늘 오후 이곳을 제 멋대로 해체할 모양이다.

엘렌이 울기 시작했다. 해고를 당할까 봐 두려워서도 아니고, 골르와가 새로운 사장이 되어서도 아니고, 우리의 삶이 생지옥이 될까 봐 불안해서도 아니다. 데제폴 씨가 의롭고 선한 사람이었기 때문에 그의 죽음을 안타까워하는 거다.

나도 울기 시작했다. 그가 내게 해 준 일들이 떠올랐다. 나를 다른 직원들과 똑같이 대해 주었고, 남자로 어른으로 대접해 주었다. 삶이라는 게 참 심술궂다. 선한 사람들이 먼저 세상을 떠나곤 한다. 죽음 이후에 그들이 누릴 멋진 세상이 준비되어 있는 걸까? 그런 이유라면 골르와가 불타는 비행기에서 새까맣게 타거나, 얼굴에 A320의 제트엔진을 맞았으면 좋았을 텐데.

반 시간 뒤 우리는 모두 잘생긴 젊은이들의 겨드랑이 냄새를 맡는 방에 모이라는 지시를 받았다. 우리는 총살 집행대형처럼 두 줄로 서 있다. 차라리 쏴라.

키가 작은 골르와는 뒷줄에서는 잘 보이지 않는다. 골르와가 종이를 펼치더니 한바탕 엄숙한 연설을 늘어놓았다. 그는 우리 사장이 너무 빨리 떠나서 아쉽다고 말하고는, 자신에게는 전임자의 비전을 존중하고 회사를 변함없이 이끌어 가야할 책임이 있다고 이야기했다.

그는 그런 이유로, 그러니까 어쩔 수 없이, 몇몇 직원을 해고해야 할 상황에 놓여 있다. 왜냐하면 그는 냄새를 맡는 사람이 이만큼이나 필요하다고 생각하지 않으니까.

첫 번째 해고자의 이름이 울려 퍼졌다. 대포가 발사되는 것 같다. 나한테는 특히 그렇다. 내 이름이 첫 번째로 불렸기 때문이다. 뒤이어 미레이유, 베르나데트, 미셰린, 그리고… 엘렌의 이름이 불렸다. 대체로 그가 꼴도 보기 싫어했던 사람들이다. 이런 우연이 있나!

엘렌이 다시 울기 시작했다. 나는 이를 악물었다. 속상할 때면 이를 악물고 68까지 세라고 아빠가 항상 내게 말했다. 그래서 나는 숫자를 세기 시작했다.

1, 2, 3···

"내가 이름을 부르지 않은 사람들은 일하던 곳으로 돌아가도 좋습니다." 짐승 같은 놈이 노예들에게 명령을 내리는 선장이라도 되는 양 손뼉을 치며 말했다.

10, 11, 12···

이제 애정과 신뢰에 굶주린 왜소한 총살 집행자가 주는 고통을 견디지 않아도 된다는 점에서 어쩌면 나쁜 일은 아닌지도 모른다.

26, 27, 28···

어제까지 나는 직장이 두 개나 되는 장애인이었다. 지금은 일자리가 없는, 제 밥벌이를 못하는 그냥 장애인이다. 결국 보통의 장애인들과 똑같은 상황이다. 그러니까 나는 이제 평범한 장애인이다. 이전에는 아니었고. 그러니 스스로 축하해야 할 일이다.

42, 43, 44…

견디기 힘들다.

엘렌이 내 팔을 쓰다듬었다. 나는 나보다 그녀가 더 걱정스럽다. 그녀는 나이가 많다. 나는 실직의 어려움을 잘 헤쳐 나갈 수 있을 거다. 게다가 라시드의 가게가 있다. 누가 가게를 맡게 될지 무척 궁금하다.

51, 52, 68!

나는 악물고 있던 입을 벌리고, 새로운 사장에게 내가 알고 있는 가장 거친 욕설을 내뱉었다. 나와 함께 해고된 네 명의 여자들이 큰 소리로 웃어 댔다. 다른 사람들도 참지 못하고 몰래 웃었다. 내가 지적 장애인이라서 해고되는 걸 피할 수 없다면, 차라리 이 상황을 즐겨야겠다.

기한은 한 달

고인이 된 라시드의 기념품 가게에서 일하겠다
는 생각은 접었다.

오늘 아침, 가게의 주인이 된 라시드의 형이 친구들과 함
께 왔다. 나는 맞은편에 있는 카페 테라스에서 커피를 마시고
있었다. 그는 가게에서 물건을 모두 꺼내더니 커다란 트럭에
실었다. 내가 그것들을 어쩔 셈이냐고 묻자, 그는 북아프리카
오지로 가져가서 물건들이 절실하게 필요한 사람들에게 나
누어 줄 거라고 말했다. 동생도 없는데 사업을 계속하기는 힘
들어서 가게는 팔아 버릴 거라고 했다. 그러고는 내게 좋은
일이 생기기를 바란다고 했다.

나는 물랭 드 라 갈레트 식당의 모퉁이로 사라지는 트럭을

바라보면서, 모로코의 한적한 마을에서 아이들이 아이 러브 파리라고 쓰인 티셔츠를 입고 파리의 전통 베레모를 쓴 모습을 떠올렸다.

나는 집으로 돌아가기로 했다.

어디에도 나를 기다리는 사람은 없으니까.

어제 저녁 식사를 하면서 나는 엄마 아빠에게 그 소식을 전했다. 엄마가 식탁에서 일어나 텔레비전을 켜지 않았다면, 화면에서 죽은 내 두 고용주의 사진을 보지 않았다면, 엄마는 내 말을 믿지 않았을 거다. 엄마는 내가 이따금 지어낸 이야기를 한다면서 그러다 양치기 소년 신세가 될 거라고 말한다. 어제 저녁에도 그랬다. 나는 내가 사실을 말했는데 엄마가 믿지 않을 때 기분 나쁘다. 내가 거짓말을 했는데 믿지 않을 때보다 훨씬 더.

나는 그 장면을 다시 보았다.

엄마는 발을 동동 구르다가 손톱을 물어뜯었다. 엄마는 "이제 넌 어떡하니? 넌 어떡하니? 불쌍한 우리 가스파르, 불쌍한 우리 가스파르."라는 말만 되풀이했다.

아빠는 여전히 자리에 앉아 이따금 텔레비전을 힐끔거리

면서 식사를 했다. 그러다 슬쩍 한마디 던졌다.

"마리, 앉아 봐. 우리 아들은 잘 헤쳐 나갈 거야. 가스파르가 혼자서 해결할 문제라고."

아빠의 말에 엄마는 펄쩍 뛰었다.

"혼자서? 우리 아기가? 절대로 안 돼!"

"마리, 내가 '혼자서'라고 말하는 건 우리가 아들을 도울 수 없다거나 재정 지원을 할 수 없다는 뜻이 아니야."

아빠는 말을 많이 하지 않으려고 애썼다. 아빠는 자기 아내가 한 대만 살짝 쳐도 건드리지도 않은 바지가 세 바퀴 돌아간다는 걸 잘 알기 때문이다. 나는 이런 표현을 정말 좋아한다.

내가 끼어들었다.

"나도 할 말 있어요! 지금 내 미래에 대해 이야기하는 중이잖아요."

나는 엄마 아빠에게 한 달 안에 일자리를 찾겠다고 말했다. 이 기한 내에 일자리를 찾지 못하면 우리는 오스트레일리아로 가는 거다. 거기서는 몸무게가 덜 나가니까 나는 문워크를 출 수 있다. 물론 이 이야기는 하지 않았다. 아빠가 화를 낼지도 모르니까.

되살아난 꿈

 며칠 동안 나는 설거지 말고는 아무 일도 하지 않았다.

나는 낮 동안 내내, 그리고 밤에도 꽤 많은 시간 인터넷을 했다. 그러고는 빨간색 공책과 초록색 공책에 여러 가지를 써 넣었다.

6일째 되는 날, 나는 계시를 받았다.

유선방송으로 드라마 〈스타스키와 허치〉를 보는 동안 영감이 떠올랐다.

자기 차 포드 갤럭시를 단지 이동 수단으로만 생각하는 허치는 스타스키가 자기 차를 애지중지하는 게 우습다. 허치가 생각하기에 스타스키가 몰고 다니는 빨간색 토리노 스포츠 카는 그저 '리본을 단 토마토'일 뿐이다. 그는 그 차가 사다리만 없을 뿐 소방차와 다를 바 없다고 생각한다. 드라마 전체에서 금발의 남자가 그 전설적인 자동차를 운전하는 장면은 딱 세 번, 겨우 몇 초뿐이다.

텔레비전은 이따금 프루스트의 마들렌 효과*를 일으킨다. 장발에 나팔바지를 입은 두 주인공이 빨간색 바탕에 하얀색 무늬가 있는 포드 토리노를 타고 로스앤젤레스를 모델로 한 (한 에피소드에서 허치가 자신이 로스앤젤레스 경찰 소속이라고 밝힌다.) 가상 도시인 베이 시티 거리를 어슬렁거리는 장면을 보다가, 길거리에서 친구와 전날 본 드라마 내용을 흉내 내던 어린 시절 내 모습이 떠올랐다.

나는 갈색 머리여서 데이비드 마이클 스타스키 역할을 했다. 조니 홀리데이를 좋아했던 라파엘은 스웨덴 사람인 아버지를 닮아 더부룩한 금발이어서 허치 역할을 했다.

● 프루스트의 소설 《잃어버린 시간을 찾아서》에서 주인공이 홍차에 적신 마들렌 냄새를 맡고 어린 시절의 기억을 떠올리는 장면에서 나온 말. 냄새가 생각지도 않았던 기억을 되살려 내는 현상을 가리킨다.

우리는 오후 내내 함께 쏘다녔다. 상상 속에서 우리 동네는 지하에 매음굴이 있는 진짜 사냥터로 변했다. 매음굴이 뭔지도 몰랐으면서. 또 우리 건물의 현관은 전화번호부를 내려치며 수상한 사람들을 심문하는 경찰서가 되었다.

나는 바나나를 겉옷 속, 배와 바지 사이에 쑤셔 넣어 무장했는데, 그러면 내 집게손가락 아래에 있는 바나나는 영락없는 스타스키의 리볼버 권총이 되었다.

그러니까 내 말은, 추억의 드라마를 다시 보다가 탐정이 되어 대단한 사건을 수사하겠다는 어린 시절 꿈이 되살아났다는 거다.

푸른 용담과 제라늄

알파벳 순으로 된 전화번호부의 맨 앞에 이름을 올리겠다는 이유로 회사 이름을 AAA라고 짓는 행동을 이해할 수 없다. 결국 이름이 똑같은 수없이 많은 회사들 틈에 끼어 있게 된다. 다른 회사들 사이에서 눈에 띄어야 사람들이 전화를 걸 텐데 말이다.

내가 회사를 차린다면 이름을 '셰익스피어 주식회사'라고 지을 생각이다. 얼마나 인상적인 이름인가! AAA 택시, AAA 치과, AAA 보험, 이런 이름은 AAA 건전지만 떠오를 뿐이다.

아, 내 회사를 차리기 전에 진짜 탐정 경험을 쌓아야 한다. 그래서 나는 좋은 탐정 사무소를 찾기 시작했다. 업종별 전화번호부 맨 첫 줄에 있는 사설 탐정 사무소인 AAA 탐정 사무소는 제외했다. XXX 탐정 사무소도 제외했다. 너무 음란하게 들린다. '탐정 사무소 & 베르사'가 눈에 띄었다. 내가 & 기호를 좋아하기 때문이다.

구글 지도에서 클릭 몇 번으로 정확한 위치를 찾았다. 거리 뷰로 탐정 사무소가 있는 거리와 정문도 볼 수 있다. 탐정 사무소는 파리 19구 플라스 데 페트에 있는 벨르빌 거리와 이어지는, 조용하고 아담한 페트 거리 5층 건물의 2층에 있다. 건물을 클릭했다. 새로 칠한 2층 발코니에 정성껏 키운 푸른 용담과 제라늄 화분이 놓여 있다.

첫인상에는 두 번째 기회가 없다. 탐정 사무소 & 베르사는 그런 점을 잘 알고 있어서, 발코니에 온 힘을 쏟았다.

나는 혹시 모를 면접에 대비해 탐정이라는 직업에 관한 정보를 모은 다음, 카메라를 목에 걸고 사파리 모자를 썼다. 그러고는 이 도시에서 가장 훌륭한 탐정이 되겠다는 굳은 각오를 다지며 길을 나섰다.

변장술

후각이 특별히 뛰어나서 좋은 점은 냄새로 전철역을 구별할 수 있다는 거다. 역마다 지문처럼 특유의 냄새가 있다. 나시옹 역에서는 갓 구운 크루아상 냄새가 나고, 리옹 역에서는 오줌 냄새, 콩코르드 역에서는 더러운 비둘기 냄새, 샤틀레 레 알 역에서는 따뜻한 커피 냄새가 난다.

하루는 재미 삼아 초록색 공책에다 역에서 나는 냄새들을 모두 적어 봤는데, 파리에는 기분 좋은 냄새보다는 불쾌한 냄새가 나는 역이 더 많다는 결론을 내렸다. 내가 파리 시장에 당선된다면 역마다 다른 꽃 향기가 나는 향수를 뿌리는 정책을 시행하겠다. 그러면 파리 전체에 시골 냄새가 날 거고, 사람들은 스트레스를 확실히 덜 받게 될 거다.

내가 내린 플라스 데 페트 역에서는 표백제와 레몬 냄새가 났다. 당연하다. 청소부가 걸레질을 하는 중이었으니까.

나는 재빨리 꽃 화분이 놓인 발코니가 있는 거리 모퉁이를 찾았다. 실제와 구글 위성 사진이 유일하게 다른 점은 대머리 남자가 꽃에 물을 주고 있어서 인도 위로 물이 방울방울 떨어지고 있다는 거다. 나는 현관 앞에서 탐정 사무소 & 베르사라고 적힌 종이 딱지 바로 아래에 있는 인터폰을 눌렀다. 종이 딱지는 살짝 떨어져 있다.

잠시 후에 누구냐고 묻는 남자 목소리가 들렸다. 나는 가스파르라고 내 이름을 말했다. 놀랍게도 이름을 말했을 뿐인데 문을 열어 주었다.

위층 문 앞에서 한 남자가 나를 맞아 주었다. 조금 전에 꽃에 물을 주던 키 작은 대머리 남자다.

그는 활짝 웃으며 나에게 들어오라고 하더니, 역시 활짝 웃으며 나를 사무실로 데리고 들어갔다. 활짝 웃으며 커피를 내오더니, 활짝 웃으며 의자를 가리켰다.

그의 미소는 무슨 일로 왔느냐는 질문에 내가 일자리를 구하고 있다고 대답하자마자 사라졌다.

다운증후군 고객은 그에게 아무런 문제 될 게 없지만, 다운증후군 직원이라면 이야기가 완전히 달라진다. 그는 손을 모으고 진지하게 나를 바라보았다.

"자격증 있어요?" 마침내 그가 내게 물었다.

"영화 〈명탐정 하퍼〉에 나오는 민간 수사 요원 자격증 같은 걸 말씀하시는 건가요?"

대머리 남자가 고개를 끄덕였다.

"나는 그런 자격증을 발부하지 않을 겁니다."

"자격증은 없습니다."

"그러면 자격증을 취득해서 다시 오세요. 배웅은 안 하겠습니다. 나가는 문은 알고 있을 테니."

대화가 끝났다고 생각한 남자는 다시 할 수 있는 한 가장 보기 좋은 웃음을 지으며 일어섰다. 그의 뒤쪽에 발코니로 통하는 문이 열려 있다. 그는 작은 노란색 물뿌리개를 집어 들고 발코니로 나가려 했다.

"프랑스에서 사립 탐정이 되려면 법적으로 성인이어야 하고, 전과가 없어야 하고, 전문대 졸업장은 있어야 하고, 신체 건강해야 하고, 운전 면허증이 있어야 하고, 자동차를 가지고 있어야 합니다. 그런데 나는 대학을 나오지도 못했고, 당신이 알 만한 자격증도 없습니다. 나보다 신체 조건이 좋은 사람은 얼마든지 많아요."

남자가 돌아섰다. 물뿌리개는 여전히 허공에 붕 떠 있다.

"젊은이, 이번엔 내가 말할 차례요. 당신은 절대로 탐정이 될 수 없어요. 그리고 충고 한마디 하자면, 얼룩말 무늬 사파리 모자를 쓰고 카메라를 목에 거는 건 조심스럽지 못하다는 생각이오. 그런 복장으로는 덤불숲에서야 들키지 않겠지만 파리에서라…. 그런 점이 미덥지가 않구려."

"당신이 잘못 생각하고 있는 겁니다. 모자와 카메라는 관광객의 필수품입니다. 나는 파리에서 감쪽같이 눈에 띄지 않을 수 있어요. 게다가 여행을 해 본 적은 없어도 관광객이 어떤 마음인지는 아주 잘 알고 있지요."

"그건 당신 생각이지."

"나는 당신 직업에 대한 텔레비전 탐방 프로그램을 봤어요. 당신들은 미행하려고 챙 없는 모자를 쓰고, 가짜 부부 행세를 하고, 우편 배달부 제복 같은 것으로 변장을 해요. 결론을 말하자면 당신들은 코미디를 하는 거예요. 나는 변장을 하지 않아요. 내 모습 그대로지요. 진짜 나라고요. 사람들도 그렇다고 믿어요. 당신은 맹인 행세를 하면 탐정 일을 수행하는 데 훨씬 쉬울 거라고 생각하겠지요. 당신은 이미 새까만 선글라스를 끼고 하얀 지팡이를 들어 봤을걸요. 안 그래요?"

"실제로 그런 방법을 자주 쓰곤 했소." 그가 만족스러운 표정으로 인정했다.

"좋은 방법이죠. 하지만 문제는 사람들이 당신을 가짜 맹인이라고 생각할 수 있다는 겁니다. 그러면 골치 아프죠. 하지만 나를 '가짜 다운증후군'이라고 생각하는 사람은 아무도 없을걸요."

남자는 잠시 생각하는 눈치였다. 그는 달걀 모양의 머리를 끄덕거렸다. 그러더니 "정말 그렇네."라고 얼결에 작게 말했다. 양탄자 위로 물이 몇 방울 떨어졌다. 나는 말을 마칠 준비를 했다.

"그리고 나는 아인슈타인의 수수께끼를 한 시간 만에 풀었습니다."

"얼룩말을 키우는 사람과 물을 마시는 사람이 나오는 수수께끼 말이오?"

"네. 바로 그 수수께끼입니다."

"나는 20분 만에 풀었소."

"당신은 다운증후군이 없잖습니까."

이 말에 그는 얼핏 미소를 지었다. 처음 보인 진짜 미소다. 그는 발코니로 나가더니 제라늄 화분에 물을 주기 시작했다.

"나는 당신에게 일을 줄 수가 없어요. 진심으로 안타깝게 생각해요."

나는 일어나서 책상 위에 내 명함을 놓아두었다. 명함이라고 해야 종잇조각에 내 이름과 집 주소, 전화번호를 적은 것이다. 나는 감자에 돋보기 모양을 새겨 도장을 만들고, 도장에 파란색 잉크를 묻혀 내 표어 옆에 찍었다.

'가스파르, 아주-아주-아주 특별한 탐정'

폭풍우 같은 감정

 집으로 돌아가는 길에 확성기에서 전철 기관사의 금속성 목소리가 울렸다. "승객 여러분, 2분만 기다려 주십시오. 이유는 모릅니다. 저도 이번 역에서 2분 간 정차하라는 지시를 받았을 뿐입니다."

나는 웃음이 나서 이 말을 초록색 공책에 적었다.

얼마 지나지 않아 나는 집에 도착했다. 엄마가 소파에 앉아 잡지를 뒤적이고 있었다.

나는 엄마 옆에 앉았다. 엄마는 예쁘다. 이렇게 아름다운 사람한테서 어떻게 나 같은 괴물이 나왔는지 모르겠다. 엄마는 이렇게 태어난 나를 원망하고 있는 건 아닌지 궁금하다.

엄마가 고개를 돌려 나에게 웃어 보이고는 다시 잡지를 읽었다. 엄마의 미소는 내 폭풍우 같은 감정 한가운데 떠 있는 부표 같은 거다. 엄마의 미소는 엄마가 나를 마음 깊이 사랑한다는 증거이다. 엄마의 미소를 보면 행복해진다.

나는 창밖을 바라보았다. 비가 내리고 있었다. 나는 소나기가 오기 직전에 세차하는 사람처럼 꽃에 꼼꼼히도 물을 주던 탐정을 떠올렸다. 내게 전화할 리 없는, 나를 고용할 리 없는 탐정을 생각했다. 나하고는 절대로 함께 일할 리 없는 모든 탐정들을 생각했다.

내가 중국 사람들에게 에펠 탑 열쇠고리를 팔고, 러시아 사람들에게 에디트 피아프의 〈라 비 앙 로즈〉가 나오는 오르골을 팔고, 잘생긴 청년들의 겨드랑이 냄새를 맡다가 여자들이 있는 구역으로 옮겨갈 무렵이었던 게 그리 오래 전 일은 아니다. 내가 다른 장애인들과는 처지가 달랐고, 내가 전혀 장애인 같지 않아서 행복했던 게 그리 오래 전 일은 아니다.

엄청난 사건

탐정 사무소에서 면접을 본 지 3주가 지나고 내가 다시 일자리를 구하겠다고 엄마 아빠와 약속한 한 달의 기한을 하루 앞둔 날, 나는 전화를 받았다. 오후 2시 30분이었다. 나는 소파에 몸을 묻고 제목도 모르는 시시한 미국 드라마를 보면서 플라스틱 원뿔형 그릇에서 마지막 남은 팝콘을 집어 올리고 있었다. 나는 먹음직스럽게 부풀어 오른 팝콘들을 끝까지 먹고, 제대로 부풀어 터지지 않은 것들은 따로 모아 놓았다. 부풀어 터지지 않은 옥수수 알갱이 개수만큼 슈퍼마켓에서 환불 받을 생각이었다.

"가스파르 J. S.…?"

수화기에서 들려오는 가느다란 목소리를 듣자마자 탐정

사무소의 키 작은 대머리 남자라는 걸 금세 알아챘다. 전화기 너머에서 그가 분명히 활짝 웃고 있을 것이다. 노란 물뿌리개를 손에 들고 있을지도 모른다.

"탐정 사무소 & 베르사의 앙리 보시입니다. 얼마 전에 우리 사무소에 일자리 구하려고 왔었잖소."

혼자 있으면서도 직원이 많은 사무소처럼 보이려고 '우리'라는 표현을 사용하는 점이 맘에 들었다. 나는 아주 바쁘게 살고 있으며 심지어 그가 잘 기억나지 않는 것처럼 보이려고 잠시 뜸을 들였다.

"아, 그래요. 보시 씨. 내가 절대로 사립 탐정이 될 수 없다고 말하지 않았던가요?"

그는 내가 다녀가고 나서 며칠 뒤, 처음에는 거절했을 정도로 특별한 사건을 의뢰 받았다고 이야기했다. 어느 돈 많은 사업가가 하나뿐인 아들을 잃었는데, 그 아들이 살해되었다는 것을 증명해 보이면 100만 유로를 주겠다고 했다는 거다. 중증 뇌성마비 장애가 있는 그의 아들은 15년 동안 파리 근교의 장애 복지 시설에서 지냈다. 경찰은 자연사로 결론을 내렸지만, 그는 믿지 않고 있다.

앙리 보시는 이 사건이 보수가 많아 구미가 당기고 지금 돈이 절실하게 필요하기는 하지만, 사건 현장에 대해서 아는 게 없는데다가 거기서 들키지 않을 자신도 없어서 거절할 수밖에 없었다고 한다. 그러고 나서 그는 쓰레기통을 비우다가 내 명함을 발견했는데, 그 순간 나와 변장술에 대해 이야기를 나누었던 게 떠올랐고, 장애 복지 시설에 있는 다운증후군 청년을 누가 의심하겠는가 하는 생각이 들었다고 한다.

나는 그의 표현이 무례하고, 모욕적이고, 정치적으로 올바르지 않고, 고정관념에 사로잡혀 있다고 생각했다. 하지만 어쩌면 그 동안 내가 이 남자에게 들은 말 중 가장 맞는 말인지도 모른다.

나에게는 자격증이 없는데 그건 괜찮으냐고 그에게 물었다. 그는 내가 뒤끝이 있다고 한마디 하더니, 전에 내게 상처를 주어 미안하다고 사과하고, 급히 자기 사무실로 와 달라고 했다.

조수한테는 명함이 없다

파리 팡테옹에 있는 푸코의 진자는 우주에 단 하나뿐인 고정점을 가리키는 표시계이다. 아빠는 엄마에 대해 이야기할 때 푸코의 진자에 비유하곤 한다. 엄마는 예쁘다. 아빠는 엄마가 우주에 단 하나뿐인 자신의 고정점이라고 한다.

하지만 나는 세상에 영원하거나 변하지 않는 건 아무것도 없다고 생각한다.

그 증거로 전에는 플라스 데 페트 전철역에서 아주 좋은 레몬 냄새와 표백제 냄새가 났는데, 오늘은 생선 냄새가 난다. 더 이상 코로 전철역을 구별할 수 없다면 어떡해야 할까?

전철역을 나오면서 그 이유를 알게 되었다. 오늘은 시장이

서는 날이다. 고기와 굴, 카망베르 치즈가 즐비한 진열대 사이를 지나자니 내가 외계인이 된 것 같다. 나는 내 옷 중에서 제일 좋은 옷을 입고 있다. 검은 턱시도, 흰 셔츠와 검은 넥타이를 매고 있다. 제임스 본드는 속에 잠수복을 입지만, 나는 상황에 따라서는 꼭 그걸 입을 필요는 없다고 판단했다.

나는 별 생각 없이 나를 보는 사람들을 지그시 바라보았다. 그 찰나가 바로 내가 전 시대를 통틀어 가장 위대한 탐정이 되려는 순간이다. 최초의 다운증후군 사립 탐정이 탄생하려는 순간인 것이다.

시장을 지나가면서 올림푸스 카메라로 사진을 몇 장 찍었다. 파리에서 가장 아름다운 장면 중 하나이다.

이번에는 앙리의 손에 물뿌리개가 들려 있지 않았다. 하지만 나는 창문 너머 발코니 위 감자 자루 옆에 놓여 있는 노란 플라스틱 물건을 찾아냈다. 앙리는 내가 저번에 보았을 때보다 머리카락이 더 빠진 것 같다. 이러다가 곧 그의 두개골을 보게 될지도 모른다.

"왔군요. 이렇게 온 걸 보니 당신이 여전히 일에 관심이 많다는 걸 알겠소."

"그 어느 때보다도 더 그렇습니다."

"좋아요, 좋아. 당신 앞에 서류를 놓아두었소. 서류에 당신이 알아 둬야 할 내용이 모두 적혀 있어요. 당신이 할 일에 대한 대가로 1만 5530유로짜리 수표도 준비했소. 복지 시설에서 숙식을 해결할 거라 비용이 따로 들지는 않을 거요."

"완벽하네요."

나는 될 수 있는 한 자연스럽게 보이려고 애썼지만, 속으로는 기뻐서 어쩔 줄 몰랐다.

나는 내가 시설에 갇힌다거나 나 같은 사람들, 나보다 장애가 심한 사람들에 둘러싸여 지내게 된다는 생각은 단 한 순간도 하지 않았다. 돈과 그 돈으로 살 수 있는 것들만 생각했다. 엄마에게는 멋진 목걸이를, 아빠에게는 넥타이를 사 줘야겠다는 생각만 했다.

"내가 당신의 보호자 행세를 해서 당신을 그곳에 데려가겠소. 이미 시설에 전화를 해서 약속을 잡아 놓았다오."

"언제 갈 거예요?"

"내일."

"완벽해요."

"확실한 단서를 찾아낼 때까지 당신은 거기 있게 될 거요. 문제가 생기면 나한테 전화만 해요. 내 전화번호는 외워 두는 게 좋을 거요."

"이미 외웠습니다. 사실 나는 한번 보면 번호를 외울 수 있답니다."

"좋아요, 좋아. 하나 더. 당신은 법적으로는 사립 탐정이 아닙니다. 그러니까 탐정 조수라는 걸 명심하고 행동하시오."

"괜찮습니다. 명함이 생기니까요."

상대는 당황한 기색이 역력했다.

"가스파르, 자격증도 없고 명함도 없소. 조수한테는 명함이 없어요. 게다가 잠입 수사 중에 그런 게 사람들 눈에 띄기라도 하면 당신한테 위험할 뿐 아니라 수사에 방해가 된다오. 잠입 수사의 목적은 사람들이 당신 정체를 모르게 하는 거니까."

"아, 그렇군요."

나는 사립 탐정 명함을 가지게 되는 줄 알았기 때문에 무척 기뻤었다. 하지만 명함 없이 비밀 임무를 수행하는 게 훨씬 긴장감 넘칠 거라는 생각이 들었다.

"더 이상 질문이 없으면, 내일 만나기로 하지요. 당신은 오늘 저녁에 해야 할 일이 있소. 당신의 새로운 역할이 뭔지 알아 둬야 하오."

"바보 같은 질문은 더 이상 없습니다. 내일 만나요, 앙리."

나는 사립 탐정으로서 그와 당당히 악수를 했다. 그런 다음 두툼한 서류를 안고 햄릿 역할을 준비하는 배우처럼 탐정 사무소를 나섰다.

중요한 임무

 엄마는 내가 빨리 일자리를 찾은 걸 무척 기뻐했다. 물론 내가 장애 복지 시설에 들어가야 한다는 사실은 못마땅하게 여겼지만 말이다.

엄마는 1만 5530유로짜리 수표를 들여다보면서 가짜가 아닌지 의심스러운 눈치였다. 엄마 아빠는 나를 시설에 보내고 싶지 않았다고 했다. 다른 부모들도 자기 자식을 조금이라도 사랑한다면 시설에 보내서는 안 된다고, 당신들처럼 자기 자식을 직접 돌봐야 한다고도 말했다. 그러더니 엄마는 만족스러운 표정으로 수표를 식탁에 올려 두었다.

"잘됐어. 정말 잘됐어. 나는 네가 자랑스럽구나. 사랑하는 내 아들."

아빠는 아무 말도 없었다. 아마도 이제 내가 오스트레일리아 이민은 잊어버릴 거라 생각했는지도 모른다. 아빠의 얼굴은 이렇게 말하는 것 같았다. "내가 이럴 줄 알았지. 내가 말했잖아. 가스파르는 곧 일자리를 찾을 거라고 말이야."

이따금 아빠는 매사에 심드렁해 보인다. 나는 아빠가 나를 자랑스러워한다는 걸 좀 더 표현했으면 좋겠다. 하지만 사람은 쉽게 달라지지 않는다. 다 생긴대로 사는 법이다. 그리고 아빠는 그렇게 생긴 사람이다.

저녁을 먹고 나는 내 방에 틀어박혔다. 서류는 두껍고 시간은 부족하다. 소설도 아니고 누군가가 이렇게 방대한 분량의 서류를 썼다는 게 상상이 되지 않는다. 나는 소설을 읽듯이 서류를 읽기 시작했다.

나는 파트릭 비종이 태어날 때부터 심각한 뇌 손상으로 고통 받았다는 걸 알게 되었다. 파트릭 비종은 출생 과정에서 어머니의 자궁 경부에 끼이는 바람에 뇌에 산소가 제대로 공급되지 않았고, 그러는 바람에 중증 뇌성마비 장애를 가지게 되었다. 엎친 데 덮친 격으로 제왕절개로 아이를 꺼내려다가 그의 어머니가 사망했다. 내출혈이 원인이었다.

파트릭 비종의 아버지 제라르 비종은 몇 시간만에 아내를 잃었다. 또 아들은 죽은 사람이나 다를 바 없는 상태였다. 제라르 비종은 몇 해 동안 아들을 돌보다 결국 장애 복지 시설에 입소시키기로 결정했다. 이런 상태로 집에 있는 아들을 돌보는 게 너무 힘들다는 걸 깨달았기 때문이다.

제라르는 재혼을 해 보려고 했지만, 그가 이탈리안 레스토랑에서 로맨틱한 식사를 하고 여자를 집에 데리고 오면 꼭 골치 아픈 일이 일어났다. 여자들은 소파에 앉아 있거나 제라르와 뜨겁게 입 맞추다가 휠체어에 늘어진 채 잔디 깎는 기계 같은 끔찍한 소리를 내며 거실로 들어오는 뇌성마비 소년을 보고 얼어붙었다. 파트릭 비종은 흐릿하고 정지된, 생기 없는 눈으로 두 남녀가 사랑을 나누는 광경을 바라보았다.

"이 사람 뭐죠?"

"신경 쓰지 마시오. 내 아들이오. 장애가 있어요."

"저 아이는 쭉 우리를 보고 있을 건가요?"

"저 아이는 없다고 생각해요. 나는 익숙해졌어요. 저 아이는 우리와 같은 세상에 살고 있지 않으니까."

"미안하지만 나는 그럴 수 없어요." 여자들은 모두 그렇게 말했다.

여자들은 자리에서 일어나 가방을 집어 들고 떠나 버리고는 다시는 돌아오지 않았다. 제라르는 아들이 집에 있는 한 재혼할 수 없을 거라는 사실을 깨닫고 무척 낙심했다.

그는 아들을 사랑했지만 연애도 하고 싶었다. 그의 가슴을 뛰게 하고, 그의 불행을 잊게 해 줄 연인을 만나고 싶었다. 절망에 빠진 그는 파트릭을 시설로 데려갔다. 그리고 일요일마다 아들을 보러 갔다가, 매번 더 슬퍼져서 집으로 돌아왔다.

이제 파트릭이 죽었다. 상황은 더욱 나빠졌다. 제라르는 더 큰 슬픔에 빠졌다. 비록 중증 뇌성마비 장애가 있었지만 그는 아들을 사랑했으니까.

그러나 제라르가 사립 탐정을 고용한 이유는 그뿐만은 아니다. 그에게는 아들 앞으로 들어 둔 거액의 생명 보험이 있다. 하지만 보험 회사가 망하려고 작정하지 않은 다음에야 아무런 안전장치도 없이 중증 뇌성마비 장애인을 보험에 가입시키지는 않을 거다. 자살하겠다는 사람을 보험에 가입시키는 거나 마찬가지니까. 보험 회사는 파트릭이 자연사하거나

지병으로 인해 사망하는 경우에는 보험금을 한 푼도 주지 않는다는 조항을 넣었다.

파트릭이 자다가 숨을 거두었다는 소식을 들은 제라르는 불안해졌다. 몇백만 유로가 그에게 작별 인사를 하고 있는 장면이 눈앞에 펼쳐졌다. 이대로 손을 놓고 있다가는 큰돈을 잃게 될 것이다.

무엇보다 제라르에게는 아들이 살해되었다는 심증이 있다. 그 일이 있은 뒤로 그는 지옥 같은 삶을 살고 있다.

그리고 나는 그 현장으로 들어가려고 한다.

나는 내가 아니다

앙리 보시가 자동차를 몰고 집으로 나를 데리러 왔다. 장애 복지 시설은 파리 동쪽 근교, 뱅센을 지나서 있다. 오후 4시에는 교통 체증이 심해서 거기까지 가는 데 한 시간 정도 걸릴 거다.

가는 길에 그는 내가 준비를 잘했는지 확인할 겸 해야 할 일을 점검할 겸 몇 가지 질문을 했다. 그는 내 옷차림부터 칭찬했다. 나는 무릎까지 내려오는 노란 반바지에 알로하셔츠를 입고 사파리 모자를 썼다. 가죽 샌들에 양말을 신는 사소한 부분도 잊지 않았다. 그리고 나와 한 몸이나 다름없는 카메라를 목에 걸고 있다.

"나는 가스파르입니다. 부모님은 몇 년 전에 돌아가셨어요. 아빠는 자기 힘이 얼마나 센지 보려고 반쯤 갈라진 나무를 쪼개려다가 손이 나무 사이에 끼었고, 결국 스스로 방어할 수 없는 상태에서 늑대에게 잡아먹혔습니다. 엄마는 〈완다라는 이름의 물고기〉라는 영화를 보면서 웃다가 돌아가셨습니다. 엄마의 심장은 1분에 250번에서 500번까지 뛰다가 심장마비를 일으켰습니다…."

"부모님은 그냥 교통사고로 돌아가셨다고 하는 편이 좋을 것 같소."

"아, 그런가요. 나는 기발한 생각을 해냈다고 생각해서 나름대로 만족했었는데…. 기원전 5세기 그리스 육상 선수인 크로토네의 밀론*을 생각하면서 아빠가 죽은 이야기를 지어냈거든요."

단지 역할을 위해 지어낸 이야기인데도 엄마 아빠가 죽었다고 상상하니 눈물이 날 것 같다.

"내 지능지수는 97 정도로 하는 게 좋겠어요. 당신은 연금으로 먹고사는 도박 중독자고요. 카지노에서 크게 잃는 바람

---

* 고대 그리스의 육상 선수. 참나무 틈에 손이 끼어, 사자한테 물어 뜯겨 죽었다.

에 집 두 채와 빈티지 카 세 대를 처분해야 했고, 그래서 더
이상 나를 먹여 살릴 수가 없게 됐어요. 어쩔 수 없이 나를 버
리기로 한 거지요."

　"나는 그냥 나이 든 삼촌이라고 해 둡시다."

무인지대

포드 피에스타가 도로를 벗어나 커다란 철제 대문을 지나더니 작은 골목으로 접어들었다. 정원과 커다란 건물은 아가사 크리스티의 소설에서 바로 튀어나온 듯한 풍경이다. 분수대 앞에 출입구가 있는 오래된 건물이다. 자동차는, 커다란 호텔에서 그러는 것처럼, 앞마당을 한 바퀴 빙 돌아 정문 앞에 멈췄다.

나는 안내하는 사람들을 바라보았다. 하얀 작업복을 입고 있는 직원들을 보면 금세 이곳이 호텔이 아니라는 걸 알 수 있다. 남자 한 명, 여자 세 명이 두 손을 등 뒤로 하고 꼿꼿하게 서 있다. 맨 왼쪽에 있는 남자는 당당해 보인다. 그는 수영 선수 같이 어깨가 넓다. 데제폴 씨가 연상될 만큼.

우리가 차에서 내리자, 그가 앙리에게 다가왔다.

"쥘 베른 씨인가요?"

그러자 내 부모의 죽음을 흔한 이야기로 만들어 버린 내 동료가 말했다.

"이 사람입니다."

"이 매력적인 젊은이가 가스파르군요."

'이 매력적인 젊은이'라니, 강아지한테 하는 말 같다. '이 착한 멍멍이가…'처럼.

"맞습니다. 이 사람이 가스파르입니다."

"나는 드가 교수요. 유명한 화가랑 성이 같지요. 이 시설을 맡아 관리하고 있습니다. 그러니까 언제부터냐 하면…, 풋, 내가 이 건물만큼 늙어 보이나요?"

그는 우스갯소리를 하고는 웃었다. 앙리도 따라 웃었다. 하지만 나는 웃지 않았다. 내 생각에 지능지수 97이라면 이해할 수 없는 말이니까.

"이쪽은 파조 부인, 콜리베 부인입니다. 각각 적응 팀과 수업 계획 팀의 팀장을 맡고 있습니다. 우리는 입소자들이 자기 집처럼 편하게 지내도록 최선을 다해 노력하고 있습니다."

"좋아요, 좋습니다."

콜리베 부인은 매력적이고 아름다운 젊은 여자인데, 파조 부인은 정반대이다. 파조는 카조°! 나는 머릿속으로 구호를 외쳤다. 파조 부인은 하얀 지푸라기 같은 기다란 머리카락이 커다란 금테 안경 위로 흘러내린데다 옷차림은 수녀 같다. 그 외모에 적응할 수 있을지 모르겠다. 오히려 어서 빨리 이 시설에서 도망치고 싶은 마음이 들게 한다.

드가 교수는 내 앞으로 오더니 마치 네 살짜리 아이를 대하는 듯한 태도로 잠시 삼촌하고 얘기하고 싶다고 했다. 나더러 정원을 둘러보고 햇빛을 쬐라고 하고는, 사실은 앙리인 쥘베른과 함께 건물 안으로 들어가 버렸다. 아마존 호위대 같은 여자들도 남자들을 뒤따라 들어갔다.

돌아서면서 나는 내가 혼자가 아니라는 사실을 깨달았다. 몇 사람이 다가오더니 나를 외계인 보듯이 바라보았다.

내 앞에 지적인 사람이라고는 없는 '무인지대'가 펼쳐졌다. 엄마 아빠는 나를 이런 곳에 보내지 않고 직접 돌보았다.

● 카조cageot는 '추녀'라는 뜻. 파조Pageot와 운율을 맞춘 프랑스식 말장난이다.

나는 서른 살이 될 때까지 이런 곳이 있는지도 모르고 살다
가 이제서야 처음으로 보게 된 것이다.

나는 아메리카 원주민이 보호 구역으로 내몰렸을 때 느꼈
을 법한 감정을 느꼈다. 바르샤바의 유대인들이 유대인 거주
지역으로 내몰렸을 때 느꼈을 법한 감정을 느꼈다.

그들은 모두 나와 닮았다. 하지만 마음속 한구석에서 그들
과 나는 아무런 상관 없다는 생각이 들었다. 우리는 다르다는
생각을 하고 있을 때, 그들이 좀비처럼 눈을 크게 뜨고 다가
왔다.

식사 시간

바깥세상, 자유와 나를 연결하는 유일한 끈인 앙리가 떠난 지 한 시간이 지났다. 이제 이곳에는 내가 위장한 사립 탐정이라는 걸 아는 사람이 아무도 없다. 나는 머리 위 나뭇가지에서 지저귀는 참새와 지능지수가 비슷한, 서른 살 된 다운증후군 남자일 뿐이다.

나는 릴리의 왼쪽에 앉았다. 릴리는 어린아이처럼 알록달록한 원피스를 입고 이불을 두른 다운증후군 여자다. 릴리는 두 팔이 없는 헝겊 인형을 늘 가지고 다니면서 '팔 없는 아이'라고 사랑스럽게 부른다. 릴리가 마흔두 살이라는 걸 알고 나는 기절할 뻔했다.

내 왼쪽에 앉은 라파엘을 사람들은 셀린이라고 부른다. 프랑스 작가의 이름을 딴 건가 싶었는데, 셀린 디온의 노래가 나오는 작은 엠피스리를 들고 다녀서 붙은 별명이라고 한다. 이따금 그는 수프를 먹다 말고 셀린 디온의 노래 〈마이 하트 윌 고 온〉을 목청껏 부르다가, 다시 아무 일 없다는 표정으로 빵을 먹곤 한다. 그렇다. 소설 《밤의 끝으로의 여행》의 루이 페르디낭 셀린과는 거리가 멀다.

6시다. 우리는 벌써 저녁을 먹고 있다. 날씨가 좋아서 하얀 천막 아래 커다란 식탁을 놓고 바깥에서 식사를 하고 있다. 여기는 모든 것이 하얗다. 누런색이거나 밤색인 동료들의 치아와 침대 시트를 제외하고 말이다.

내 방에 도착해서 수건 한 장과 세면 도구 꾸러미를 발견했을 때 나는 감옥에 갇힌 기분이었다. 감옥에 가 본 적은 없어도 짐작할 수 있었다. 그래서 나는 식사 시간을 알리는 종이 울리고 누군가 나를 데리러 올 때까지 울었다.

나는 내가 영화 〈뻐꾸기 둥지 위로 날아간 새*〉의 등장인

● 자유분방한 범죄자 맥 머피가 정신병원에서 권위주의적인 수간호사와 대립하면서 벌어지는 이야기를 다룬 영화. 잭 니콜슨이 맥 머피 역을 맡았다.

물이라도 된 듯한 느낌이었다. 잭 니콜슨이 일류 모델이 되는 것만 빼면 말이다.

"팔 없는 아이!"

나는 놀라서 펄쩍 뛰었다. 순간 릴리가 인형을 바닥에 떨어뜨렸다. 릴리는 인형을 주우려고 몸을 숙였다. 릴리 옆에 앉아 있던 녀석이 그 틈을 타 치마 속을 들여다보려고 했다. 릴리가 몸을 일으키면서 소리를 지르는 걸 듣고 그 녀석 이름이 미카엘이라는 걸 알게 되었다.

릴리는 "미카엘, 나빴어. 팔 없는 아이가 너를 때려 줄 줄 알아!"라고 소리쳤다. 녀석은 팔 없는 아이는 팔이 없어서 자신을 때릴 수 없다면서 릴리를 비웃었다. 그게 인형이라는 생각은 하지 않는 눈치였다.

미카엘의 키는 열 살짜리 정도인데, 그가 예순 살이라는 걸 나중에야 알게 되었다. 나는 미카엘 옆에 그와 완전히 똑같이 생긴 남자가 앉아 있는 걸 알아챘다. 쌍둥이다.

식탁에는 직원과 입소자가 뒤섞여 서른 명 정도가 둘러앉았다. 사샤는 비스킷처럼 마른 남자다. 하얀 작업복을 입고 내 앞에 앉아서는 수프가 식기 전에 얼른 먹으라고 말했다.

그러더니 곧 버섯을 넣은 닭 요리가 나올 건데 제일 나중에 입소한 사람에게 주는 거라고 했다. 이곳의 전통이란다.

나는 할 수 있는 한 가장 바보같이 웃어 보이고 가능한 한 시끄러운 소리를 내려고 애쓰면서 수프를 게걸스럽게 먹었다. 로마에 가면 로마 법을 따라야 하니까. 즉, 다른 나라에 가면 그곳의 관습에 따라 행동해야 하니까.

나는 남은 식사 시간 동안 아무 말도 하지 않고 아무것도 묻지 않았다. 나는 사람들이 하는 말을 귀담아듣고 주의 깊게 살폈다. 그리고 사람들 이름과 병명을 외웠다.

소피는 간호사다. 그녀는 물을 마시기 전에 물잔을 시계 방향으로 두 번 돌리고 다시 시계 반대 방향으로 한 번 돌렸다. 그녀는 물을 마실 때마다 금고라도 여는 듯이 그렇게 했다. 이 사람들을 만나기 전부터 그랬을까, 아니면 이 사람들을 만난 뒤에 변했을까? 나는 문득 궁금증이 생겼다.

신상품

 밤이 되자 엄마 아빠 생각이 났다.

겨우 몇 킬로미터 떨어져 있을 뿐인데 시베리아 수용소에 유배된 기분이었다. 모든 게 너무 다르다. 내가 아직 우리 나라 안에 있기는 한 건지도 의심스러울 정도로. 생각할 자유가 없어서인가 보다.

자유가 없다고 생각하니 구역질이 났다. 나는 저녁 시간을 거의 화장실에서 보냈다. 배가 더부룩하고 겁이 났다. 몸이 떨렸다. 꼭 백질 제거 수술을 받은 실험용 햄스터가 된 기분이었다. 마음을 가라앉히려고 새 공책을 펼치고 글을 썼다. 모눈 위에 낱말들을 토해 냈다. 단 1밀리미터의 여백도 남지 않을 때까지 고통을 쏟아 냈다. 그러다 잠이 들었다.

다음 날은 상태가 조금 나아졌다. 내 몸은 새로운 상황에 익숙해졌다. 즐거운 마음으로 식사를 하고, 마르크와 농담을 주고받기도 했다. 마르크는 당뇨병을 앓는 열여섯 살 다운증후군 소년인데, 공에 눈을 맞아 해적 같아 보인다.

내 주변으로 몇몇 사람이 모여들었다. 그들은 가장 최근에 입소한 내게 영화, 비디오 게임, 휴대폰 같은 바깥세상에 대한 질문을 던졌다. 사람들이 수다스러워졌다. 그들에게 나는 신상품이다. 새로 나온 장난감이다.

그래서 나는 아는 대로 이야기해 주었다. 난 별의별 잡동사니 같은 지식과 믿거나 말거나 한 소식을 다 알고 있으니까.

"너희들 갈매기살이 돼지고기라는 걸 아니? 카나리아 제도의 하메로스라는 곳에 '눈 먼 게'가 사는 호수가 있다는 건? 이 게들은 소리에 엄청나게 예민해서 호수에 동전을 던지는 관광객들 때문에 생명을 위협 받고 있어."

"로마에 있는 샘하고 똑같네!" 셀린이라고 불리는 라파엘이 소리쳤다.

"그건 트레비 분수야. 로마에는 게가 없다는 점만 빼면 똑같아." 내가 정확하게 말해 주었다.

모두가 웃었다.

"이것도 알아? 아프리카에서는 코뿔소를 죽이고 뿔을 잘라 가는 밀렵꾼 때문에 드릴로 코뿔소 뿔에 구멍을 뚫고 거기에 빨간색 물감을 붓는대. 사바나 한가운데에 빨간색 뿔이 달린 코뿔소들이 돌아다닌다니 이상하지 않니?"

"또 해 줘, 또." 사람들이 시리얼과 버터 바른 빵을 먹으면서 소리쳤다. 그래서 나는 계속 이야기했다.

"마르셀 프루스트는 끝도 없이 긴 문장으로 유명한 작가인데, 그 분야에서는 칠레 작가 로베르토 볼라뇨가 한 수 위라는 거 아니? 내가 《2666》이라는 책에서 일곱 쪽이 넘어가는 문장을 봤다니까."

잠시 후 나는 입을 다물었다. 사람들이 내가 하는 말을 조금도 알아듣지 못한다는 것을 깨달았다.

그리고 내가 그들과 닮지 않았다는 것도.

잠긴 문 여는 방법

전에는 종종 일요일 새벽 6시 반에 일어나곤 했다. 쉬는 날이니까 일찍 일어나지 않아도 된다고 혼잣말하는 즐거움을 맛보기 위해서였다. 다시 잠이 들지 않는다는 게 문제였지만.

나는 지금 대저택에 사는 늙은 귀족 유령처럼 모두가 잠든 집 안의 어두컴컴한 복도를 어슬렁거리고 있다.

지금은 새벽 3시고, 모두들 잠을 잔다. 내가 왜 여기에 왔는지 잊어서는 안 된다. 나는 수사를 해서 문제를 해결해야 한다. 그리고 나는 드라마에서 모두가 잠든 밤에, 범죄가 일어나는 바로 그 순간에, 수사를 펼치는 장면을 본 적이 있다.

나는 한 입소자에게 파트릭 비종이 몇 호실에 있었는지 조심스럽게 물었다. 35호실에 있었다고 했다. 그러니까 한 층 내려가서 건물 서쪽으로 아주 조용하게 들어가야 한다.

영화에서 본 대로 나는 어둠 속에서 하얀 얼굴이 눈에 띄지 않도록 뺨에 태운 코르크를 살짝 문질렀다. 그러고는 검은색 잠옷으로 갈아입었다. 내가 가지고 있는 유일한 검은 옷이다. 나는 긴 복도를 닌자처럼 미끄러지듯 내려갔다.

35호실 문은 지나쳐 온 방이나 이어져 있는 방의 문들과 여러 모로 비슷하다. 색깔은 주황색이다. (내 방 문은 파란색이다.) 손잡이를 아래로 내려 보았지만, 예상대로 잠겨 있다.

나는 휴대폰을 꺼냈다. 인터넷에 '잠긴 문 여는 방법'을 검색했더니 몇 가지 답이 나왔다.

방법 1

맞는 열쇠로 연다.

(이걸 말이라고.)

방법 2

드릴로 구멍을 뚫는다.

지름 8 밀리미터짜리 드릴을 이용한다.

(드릴은 안 된다. 너무 시끄럽다.)

방법 3
문과 문틀 사이로 엑스선 촬영을 한다.

(손잡이가 오른쪽에 달린 문이어야 하고, 막히지 않았을 때만 가능하다.)

맘에 드는 방법이 없다. 그래서 나만의 방법을 찾아내기로 마음먹었다.

가스파르의 방법
문이 잠겨 있다면 창문으로 들어가라.

나는 복도를 따라 걸었다. 넘어질까 봐 손으로 벽을 더듬거리면서. 작고 하얀 사람이 달리는 그림이 그려진 초록빛 전광판 덕분에 출구가 어디인지 알 수 있었다. 나는 유리문을 밀었다. 바로 그 순간 건물 전체에 사이렌이 울렸다.

세 가지 냄새

나는 깜짝 놀라 허둥지둥하다가 100살은 되어 보이는 커다란 진달래 나무 뒤에 숨었다. 그게 뭔지도 모르고.

지금은 그게 뭐든 중요하지 않다. 사이렌 소리가 정적을 깨고 있다. 어쩌면 파리까지 들릴지도 모른다.

나는 곧 진달래 나무가 고양이들의 은신처라는 걸 알아챘다. 열 마리도 넘는 고양이가 나뭇가지마다 몸을 파묻고 있었다. 고양이들이 휘둥그레진 눈으로 나를 바라보았다. 사이렌 소리가 고양이들을 몹시 흥분시켰다. 나는 그중 덜 사나워 보이는 고양이를 팔로 안아서 문 쪽으로 던졌다.

잠시 후에 사이렌이 멈추더니 사람들의 말소리가 점점 가까워졌다. 드가 교수가 분명한 남자 목소리와 우아한 여자 목소리다. 아마도 콜리베 부인일 거다.

그들은 내 생각대로 고양이를 보고 속아 넘어간 눈치다. 나는 다시 조용해지기를 기다리면서, 어둠 속에서 나를 뚫어지게 바라보는 빛나는 눈이 몇 개인가 세어 보았다. 스물두 개다. 눈이 두 개인 고양이 열한 마리거나, 애꾸눈 고양이 스물두 마리가 있는 거다.

몇 분 뒤에 나는 35호실이라고 생각되는 방 창문 앞으로 갔다. 겉창이 열려 있다. 다행이다.

태운 코르크가 나오는 영화 말고 다른 영화에서 본 대로 나는 잠옷 윗도리를 벗어 팔에 둘둘 감고 순간적인 힘으로 유리창을 쳤다. 정적 속에서 유리 깨지는 소리가 났다.

나는 별다른 어려움 없이 가장자리로 기어 올라가 커다란 감자 자루처럼 방 안으로 굴러 떨어졌다.

나는 올림푸스 카메라의 플래시로 방 안을 조심조심 비춰 보았다. 내 방보다 가구가 적다. 침대에는 깔개가 깔려 있지 않고, 책상은 비어 있다. 실마리가 될 만한 게 별로 없다.

나는 옷장을 열어 보았다. 옷장도 텅 비어 있다. 내가 다시 창문을 통해 바깥으로 나가려는데, 익숙한 냄새가 내 콧구멍으로 훅 들어왔다. 나는 뼈다귀의 흔적을 따라가는 개처럼 코를 킁킁대며 침대 쪽으로 갔다. 나는 바닥에 무릎을 꿇고 앉았다. 냄새가 내 코를 매트리스로 이끌고, 환자가 침대에서 떨어지지 않도록 막는 금속 난간으로 이끌었다.

나는 네 발로 기어다니며 폴리에스테르 냄새, 신발 접착제 냄새, 불에 그을린 밀랍 냄새를 맡았다. 음표 몇 개로 어떤 노래인지 알아내듯, 나는 이 세 가지 냄새가 나는 물건이 무엇인지 알아냈다. 그렇지만 도저히 믿어지지 않는다.

대답할 수 없는 질문

 7시 30분에 알람 시계가 울렸다.

일어나자마자 37번 공책을 찾았지만 보이지 않았다. 화장실에서 몸단장을 하고, 깨끗하지만 우스꽝스러운 옷을 입었다. 그런 다음 아침을 먹으러 구내식당으로 갔다.

어제처럼 편안한 분위기다. 지난밤 내가 몰래 방에 들어간 일이 별 문제를 일으키거나 의심을 사지 않았나 보다. 그래서 나는 몹시 기쁘다. 첫 번째 임무 수행은 만족스럽다. 나는 얼른 앙리와 엄마 아빠에게 이 소식을 전하고 싶다.

하룻밤 만에 수사는 많은 성과를 내고 있다. 내가 그 방에서 맡은 냄새 덕분이다. 하지만 이 냄새가 나는 물건을 찾는 일이 남아 있다. 이건 무척 어려운 일이다.

사람이 8년 7개월 6일 동안 쉬지 않고 소리를 지르면, 커피 한 잔을 끓일 정도의 에너지가 만들어진다고 한다. 이러한 과학 지식을 바탕으로, 나는 음료수를 앞에 두고 앉아서 있는 힘껏 소리를 지르기 시작했다.

그러다 금세 멈추었다. 힘이 다 빠진데다 간호사들이 놀란 표정으로 다가와서 무슨 일이냐고 물었기 때문이다.

나는 간호사들에게 놀라운 과학 지식을 알려 주었다.

"가스파르, 자꾸 엉뚱한 소리 하면 교수님께 보낼 줄 알아!" 자크 부인이 협박했다.

레일라는 동료의 말에 동의한다는 듯 고개를 끄덕였다. 역시 가재는 게 편이다.

나는 6년 9개월 동안 쉬지 않고 방귀를 뀌면 원자폭탄 에너지를 만들어 낼 수 있다는 이야기는 하지 않았다. 이 지식은 나 혼자 간직하기로 마음먹었다. 내가 이 시설을 빠져나갈 때 도움이 될 테니까.

나는 릴리와 릴리의 인형 '팔 없는 아이'와 함께 앉아 아침을 먹었다. 릴리의 인형은 팔이 없어서 혼자서 커피를 마시지 못한다. 다 먹고 구내식당을 나가려는데 난처한 일이 생겼다.

주황색 공책을 바닥에 떨어뜨린 거다.

공책은 가운데 페이지가 펼쳐져 있다.

마침 그곳을 지나가던 드가 교수가 내가 공책을 주워 들기 직전에 몸을 숙여 공책을 주웠다.

"가스파르, 이게 뭐냐?" 공책에 그려진 작은 집들을 보면서 교수가 물었다.

그에게 거짓말해 봐야 소용없다.

"으음, 아인슈타인의 수수께끼예요."

교수는 얼굴을 찡그렸다.

그는 이곳에서 지능 검사를 시행하는 사람이다. 당연히 아인슈타인의 수수께끼를 알고 있다. 그에게 의심을 사면 안 된다.

"재미있구나. 답은 찾았니?"

그가 나를 떠보았다. 하지만 내가 한 수 위다.

"물을 마신 건 누구의 애완동물도 아닌 얼룩말이에요!"

나는 천진난만하게 소리쳤다.

그는 안심하는 표정으로 미소 지으며 내게 공책을 건넸다.

"거의 다 풀었구나. 계속해 보렴." 그가 나를 격려했다.

그러고는 복도 저편으로 사라졌다. 어젯밤에 그가 불면증과 몽유병에 시달리는 고양이를 발견한 바로 그곳이다.

오후 2시에 우리는 트리비얼 퍼슈트 게임*을 했다. 이 게임에서 나를 이길 사람은 아무도 없다. 모두가 나와 한 팀이 되고 싶어 한다. 나는 질문에 답을 하는 것뿐 아니라 설명까지 자세히 곁들이니까.

하지만 내가 대답할 수 없는 질문이 두 개 있다. 누가 파트릭 비종을 죽였는가? 누가 내 공책을 훔쳤는가?

● 잡학 지식에 답을 하는 보드게임.

잃어버린 공책

 며칠이 지났다.

공책들이 들어 있는 옷장은 열리지 않았다. 어떤 영화에서 본 대로 침을 묻혀서 옷장 양쪽 문에 걸쳐지게 붙여 놓았던 머리카락이 그대로 있다.

하여간 37번 공책을 찾는 건 불가능하다. 뭔가 냄새가 난다. 누군가 내 정체를 의심하고 있는지도 모른다. 그 사람이 살인범인지도 모르는 일이다.

파트릭 비종의 침대 난간에서 맡은 세 가지 냄새가 머릿속에서 떠나지 않는다.

사라지는 에펠 탑

 또다시 며칠이 지났다.

벌써 일주일이 되어 간다.

37번 공책을 잃어버린 뒤로 '데가•' 교수가 나를 대하는 태도가 달라졌다는 걸 느꼈다.

그는 뭔가 의심스러워 하고 흥미로워 하는 듯하다. 종종 그가 나를 관찰하는 게 느껴지는데, 그러다 나와 시선이 마주치면 아무 일도 아니라는 듯이 다른 환자들 쪽으로 고개를 돌린다.

그는 지금 내가 트리비얼 퍼슈트 게임을 하면서 다른 사람

• 프랑스식 말장난으로, 드가Degas를 '난장판', '못살게 구는 것' 등의 뜻을 가진 낱말 데가Degats로 바꿔 부른 것이다.

들에게 하는 설명을 듣고 있다. 그는 나에 관한 사소한 일들, 내 이야기에 관심이 있다.

"프랑스어에서 100단위 숫자를 읽을 때 센트cent를 쓰는데, 500처럼 배수인 경우에는 복수형 어미 '-s'를 붙이고, 540처럼 뒤에 다른 숫자가 있으면 붙이지 않아. 프랑스어 문법은 신비롭고 매력적이지. 우리 엄마가 나한테 수표에 숫자를 써 넣는 걸 처음 보여 줄 때 알려 준 거야. 그 수표로 〈스타워즈〉에 나오는 한 솔로의 우주선인 밀레니엄 팔콘을 샀어."

"또 이야기해 줘!"

"지구촌 전등 끄기는 사람들이 지구온난화와 에너지 낭비에 관심을 갖게 하려고 벌이는 세계적인 캠페인이야. 지구촌 전등 끄기 행사를 하는 날이면 풋내기 마술사들이 도시의 가장 상징적인 건축물이 '사라지는' 장면을 찍으려고 비디오 카메라를 메고 트로카데로 광장으로 몰려들어. 사실은 그냥 시에서 공공 장소의 조명을 끄는 것뿐이야. 하지만 정말로 에펠탑이 밤하늘 속으로 잠시 동안 사라지는 것 같다니까. 특히 불이 꺼지기 직전에 마술 지팡이를 휘두르면 더 그런 느낌이 들지."

릴리는 나한테 바짝 붙어 섰다. 릴리의 버릇이다. 다른 사람들은 내 주위로 둥그렇게 원을 그리고 있다.

드가 교수는 파조 부인에게 몇 가지 지시 사항을 전달하고는 에펠 탑처럼 사라졌다.

자동 응답기

저녁 식사를 마치고 내 방으로 돌아왔다. 저녁 식사로 닭 요리가 나왔다. 여기 사람들은 닭고기만 먹나 보다. 오믈렛이 정말 먹고 싶다.

가우디는 자기 집 가사 도우미가 요리해 준 환각 버섯 오믈렛을 보고 기괴한 모양의 건축물을 상상했다. 그는 바르셀로나에서 전차에 치여 죽었다.

나는 옷장 문에 붙여 놓은 머리카락이 그대로 있는지 살펴보다가 누군가 옷장 문을 열었다는 사실을 알고는 두려움에 휩싸였다. 유감스럽게도 내가 이곳에서 쓴 36, 38, 39번 공책이 없어졌다.

사건이 예상치 못한 방향으로 흐르고 있다. 임무를 아직 마치지 못했지만, 나는 여기서 얼른 탈출하고 싶다.

앙리에게 전화를 걸어야 한다. 이곳에 입소하던 날 휴대폰을 과자 봉지에 무사히 숨겨 들여왔다. 짐 검사를 하는 사람들이 휴대폰을 발견했다면 압수했을 거다. 여기서는 외부와 연락을 하지 못한다.

나는 초콜릿 과자의 알루미늄 봉지를 뒤집었다. 휴대폰이 떨어졌다. 휴대폰은 바깥세상으로 나갈 수 있는 열쇠다. 옆방에 있는 셀린이 오디오 볼륨을 높였다. 그의 우상이 달콤한 리듬을 타며 목청껏 노래하고 있다. 노랫소리가 내 전화 소리를 덮어 줄 거다.

외워 둔 전화번호를 눌렀다.

잠시 후에 어떤 여자가 전화를 받았다. 자동 응답기다.

"플랑비에 정육점입니다. 1851년에 문을 연 저희 회사는 오전 9시부터 오후 6시까지 영업합니다. 영업 시간에 다시 전화를 하시거나, 삐 소리가 난 뒤 주문 내용을 남겨 주시기 바랍니다. 감사합니다."

플랑비에 정육점? 나는 베르사 & 탐정 사무소의 전화번호를 정확히 외우고 있다.

다시 전화를 걸었다. 이번에도 정육점의 자동 응답기로 연결되었다. 경쾌한 목소리를 듣고 있자니 조바심이 났다. 다시 한 번 더 전화를 걸어 보았다. 역시 탐정 사무소가 아닌 다른 곳이다. 계속해서 전화를 걸었지만, 매번 1851년에 문을 연 플랑비에 정육점과 연결되었다.

지쳐 버린 나는 주문 메시지를 남겼다. "쿠스쿠스 요리 10인 분이요."

곰의 공격

 시간이 있을 때 떠났어야 했다.

전화를 끊자마자 방을 나와서, 복도를 지나, 현관문을 열고 나가서, 진달래 나무 뒤에 숨어서 캄캄한 밤이 되기를 기다렸다가, 이 불길한 곳에서 도망쳤어야 했다. 그랬다면 웬 남자가 새벽 2시에 손으로 내 입을 막고 내 몸에 올라타지는 않았을 테니까.

나의 한쪽 근육은 침입자의 무게에 눌려 매트리스에 딱 달라붙고, 반대쪽 근육은 두려움에 질려 마비되었다. 나는 꼼짝도 할 수 없다. 버티는 수밖에 없다.

머릿속에서 위험 경고가 요란하게 울리는 순간 폴리에스테르 냄새와 신발 접착제 냄새, 불에 그을린 밀랍 냄새가 콧구멍으로 훅 들어왔다.

내가 찾던 물건이 바로 내 눈앞에 있다. 어두운 방 안, 나를 죽이려는 이 남자의 머리에 얹혀 있는 것이다. 똑똑히 보이지는 않지만 전에 내가 몽마르트르의 기념품 가게에서 팔았던 폴리에스테르 모자와 똑같은 모자인 것 같다.

나는 나를 힘껏 짓누르고 있는 남자를 다시 보았다.

모자에 아이 러브 파리라는 글자가 쓰여 있지 않을지는 몰라도 같은 공장에서 만든 모자라는 건 확실하다.

나는 필사적으로 한쪽 팔을 빼냈다. 그러고는 나를 공격하고 있는 남자의 머리로 손을 뻗쳐 모자를 벗겼다. 나는 이것이 바로 파트릭 비종의 마지막 몸부림이었음을 깨달았다. 파트릭은 모자를 있는 힘껏 움켜잡았다가, 모자를 놓치면서 금속으로 된 침대 난간을 잡았다. 그는 긴장했던 탓에 땀이 났고, 그 땀 냄새가 침대 난간에 남아 있었던 거다.

곰처럼 커다랗고 힘센 손이 내 목으로 슬그머니 들어왔다. 손은 내 목을 완전히 감쌌다. 나는 소리를 지르려고 애썼지만 내 입에선 소리가 나오지 않는다. 나를 공격한 자의 어깨는 압도적으로 넓다. 이곳에서 이렇게 어깨가 떡 벌어진 사람을 나는 딱 한 명 안다.

내가 여기서 첫 번째 임무를 수행하다가 죽는다는 사실이 믿어지지 않는다. 제임스 본드는 절대로 죽지 않는 법인데…. 나는 있는 힘껏 저항해 보았지만, 남자의 손이 오렌지 즙을 짜듯이 내 목을 조르는 바람에 의식을 잃었다.

천국

 눈을 떴다. 나는 다른 사람의 침대에 누워 있다. 콜리베 부인이 내 곁에서 서류를 작성하고 있다. 내가 천국에 있는 걸까?

"가스파르?"

부드럽고 작은 목소리가 내 귓속을 간질이고 내 머릿속을 어루만졌다.

"여기는 천국인가요?"

콜리베 부인이 웃으며 내 곁으로 다가왔다. 그녀가 내 손을 잡아 주었다.

"괜찮니? 우리가 너 때문에 얼마나 놀랐는지 몰라."

그 순간, 지난 밤 일어났던 일들이 떠올랐다. 내 목을 조른

곰 같은 인간, 모자, 파트릭 비종이 떠올랐다.

"교수님이었어요!" 내가 말했다.

그녀는 내가 뭐라고 하는지 알아듣지 못한 것 같다.

"그래. 교수님이 너를 보러 올 거야, 가스파르."

"아니요, 그런 얘기가 아니에요. 교수님이 파트릭 비종을 죽였어요. 어젯밤에는 나를 죽이려고 했고요. 내가 너무 많은 걸 알고 있으니까요."

콜리베 부인은 그런 바보 같은 말은 처음 들어 본다는 듯 웃음을 터뜨렸다.

"가스파르, 지금 열이 좀 있어. 너는 오늘 아침에 침대에서 떨어져 바닥에 쓰러져 있었어. 헛소리를 하더구나. 네가 깨어나는 대로 교수님이 너를 만나겠다고 하셨어."

"이런! 그 사람은 지난 밤에 끝내지 못한 일을 하려는 거예요. 나는 이곳을 떠날 거예요. 사실 나는 당신이 아는 그런 사람이 아니에요. 나는 사립 탐정이에요. 파트릭 비종 사망 사건을 수사하려고 이곳에 잠입한 거예요. 내 말 들어 봐요."

"알아. 알아들었어." 그녀가 말했다.

나는 일어나서 바닥에 내려섰다. 바닥이 차갑다. 그녀에게 내 탐정 명함을 보여 주고 싶은데 명함이 없다.

방에서 막 나가려는데 콜리베 부인이 내 팔을 붙잡았다.

"모자 가지고 가야지."

그녀가 내게 금색 실로 아이 러브 파리라는 글자가 수놓인 하얀색 모자를 건네주었다. 모자에서 폴리에스테르 냄새, 신발 접착제 냄새, 불에 그을린 밀랍 냄새가 강하게 났다.

"이건 내 모자가 아니에요. 하지만 내가 가져갈게요. 이 모자는 증거물이니까."

"귀여운 가스파르. 너는 변하지도 않는구나. 언제나 상상력이 풍부하다니까…."

콜리베 부인은 즐거운 표정으로 수수께끼 같은 말을 했다.

또 원숭이

복도 유리창에 내 모습을 비춰 보았다. 내 목에는 아무런 자국도 없다. 그렇지만 폭력 행위는 분명히 내 피부에 지울 수 없는 흔적을 남겼을 거다.

나는 손에 든 모자를 이리저리 돌려 보았다. 앙리의 도움 없이 이곳을 빠져나가야 한다. 앙리의 전화번호로 전화를 걸면 자꾸 정육점으로 연결되기 때문이다.

영화 〈12 몽키즈〉에서 브루스 윌리스가 세탁소의 자동 응답기에 비밀 메시지를 남겼던 것처럼 정육점의 자동 응답기에 비밀 메시지를 남긴다면 모를까, 도무지 앙리와 연락할 방법이 없다.

그러고 보니 셰익스피어와 수백만 마리 원숭이도 그렇고,

브루스 윌리스와 열두 마리 원숭이도 그렇고, 신기하게도 무슨 생각을 하든 늘 원숭이로 마무리되는 느낌이 든다. 원숭이에게는 신비롭고 상징적인 무언가가 있다. 아마도 원숭이가 사람과 많이 닮아서인가 보다.

원숭이 생각을 하고 있는데, 드가 교수가 내 앞에 나타났다. 그의 어깨가 위압적이다. 커다란 고릴라 같아 보인다.

나는 소스라치게 놀랐다.

"가스파르, 요 며칠 동안 일어난 일에 대해 이야기를 나누어야 할 것 같다."

나는 이곳 사람들이 나에게 반말을 하고 있다는 걸 이제야 알아챘다.

아까 콜리베 부인이 그랬고, 지금 교수도 그랬다. 그들은 대부분 30대에서 40대인 입소자들을 너무 어린아이 대하듯 한다.

"당신은 체포되었습니다."

내가 교수에게 엄숙한 목소리로 말했다.

나는 늘 이런 말을 하는 날이 오기를 바랐다. 나는 드라마 〈형사 콜롬보〉에서 이런 말을 하는 장면을 본 적 있다. 대개

늙은 경위가 이런 말을 하면, 어디선가 제복을 입은 경찰 네 다섯 명이 튀어나와서 범인에게 수갑을 채웠다.

하지만 현실에서는 드라마 같은 일이 일어나지 않는다. 내 앞에 있는 범인은 싱긋 웃어 보이고는 조용히 돌아서서 복도를 따라 사라졌다.

투우는 끝났다

나는 교수의 집무실로 들어갔다. 결말은 이미 정해졌다. 나는 투우사처럼 최후의 일격을 가할 준비를 했다. 콜롬보가 모든 이야기를 하려는 참이다. 투우는 끝났다.

나는 등 뒤의 문을 닫고 말했다.

"투우는 끝났어!"

"앉아, 가스파르." 내 말이 들리지 않는다는 듯 교수가 대꾸했다.

나는 의자에 앉았다.

"어디서부터 이야기를 시작해야 할지 모르겠구나. 요 몇 달 동안 네가 한 일에 대해 할 말이 많거든."

몇 달이라고? 나는 여기 온 지 겨우 며칠이 지났을 뿐인데.

"사이렌이 울리던 날 밤에 누군가 고양이가 유리문을 건드린 거라고 믿게 하려고 했단다."

이런!

"그래서 나는 모든 방을 돌아다녔지. 그리고 방에 없는 사람은 너밖에 없다는 걸 알아냈어." 그가 계속해서 말했다.

아이쿠, 이런. 나는 정말 기발하다고 생각했었는데.

"네 침대 위에 너 대신에 '37'이라는 수수께끼 같은 번호가 붙은 공책이 아주 눈에 잘 띄게 놓여 있더구나. 그래서 그걸 가지고 왔단다. 내가 잘한 건지 잘못한 건지 아직도 모르겠다만, 어쨌든 공책의 내용을 보고 무척 당황스러웠어."

그는 적당한 말을 찾으려는 듯 잠시 망설이다가 다시 말을 이었다.

"우리가 서로 알게 된 뒤로 나는 네가 그렇게 심한 상태인지 몰랐어. 좋은 상태라고 생각하지도 않았지만…"

그는 잠시 아무 말 없이 윗도리 단추를 만지작거렸다. '우리가 서로 알게 된 뒤'라니, 이게 무슨 소리지?

"환각이나 두서없는 말을 보면 상태가 심각하고, 네가 쓴 소설을 보면 상태가 좋아. 너 같은 사람이 이런 글을 썼다는 건 정말 대단한 일이야. 너는 상상력이 풍부하다 못해 넘쳐. 가스파르, 나는 네가 정말 재능 있다고 생각한다. 문제는 네가 실제로 살아온 삶과 네가 쓴 소설 속의 삶을 구별하지 못하는 느낌이 든다는 거야. 현실과 허구, 네 삶과 네 소설을 구별하지 못한다는 거지."

"저는 교수님이 하는 말을 전혀 이해할 수 없어요. 무슨 소설 말씀하시는 거예요?"

남자는 서랍에서 초록색 공책을 꺼내 탁자 위, 내 앞에 올려놓았다. 내가 붙여 놓은 작은 라벨과 파란색 빅Bic 볼펜으로 휘갈겨 쓴 37이라는 숫자가 보였다.

"이건 내가 좋은 내용만 쓰는 공책이에요. 이 공책은 내 거예요. 누구도 이 공책을 읽을 권리가 없어요."

"내가 뭐 하나 확인하고 싶은데 그래도 되겠니? 네 이름이 뭐냐?"

"가스파르."

"가스파르 다음은?"

나는 대답하지 않았다. 내 진짜 성을 말해야 할지 가짜 성을 말해야 할지 모르겠다. 그는 심리학자답게 차분한 말투로 같은 질문을 다시 했다. 나는 내 진짜 성이 싫다.

"어서 대답해 봐."

낭패다. 나는 있는 힘을 모두 끌어모았다.

"가스파르 잭슨 셰익스피어."

남자는 실망스러운 듯 얼굴을 일그러뜨렸다.

"가스파르, 안됐지만 네 성은 그게 아니란다."

"저는 윌리엄 셰익스피어의 후손이에요. 잭슨 가의 혈통도 물려받았고요. 그리고…."

"네 이름은 가스파르 불랑제야." 남자가 딱 잘라 말했다.

불랑제라는 성은 마음에 들지 않는다. 내 진짜 성보다 훨씬 더 싫다. 상황이 나빠지고 있다. 그가 아무것도 이해하지 못하기 때문에 나는 그에게 모든 것을 설명해야 한다. 나는 신분을 드러내는 위험을 감수하기로 했다. 다 끝났다. 나는 누가 범인인지 알고 있다. 나는 그에게 이전의 내 삶이 어땠는지 이야기했다. 몽마르트르의 기념품 가게에서 일했고, 체취 제거제 연구소에서 일했고, 내 고용주들이 사고가 났고, 사립 탐정이라는 직업에 도전하게 된 이야기를 했다. 그리고 얼마 전에 나를 이곳에 데리고 온 앙리가 나의 새로운 고용주라는 이야기까지. 나는 그에게 내가 파트릭 비종의 죽음을 수사하는 임무를 맡고 이곳에 잠입했다는 사실을 알렸다.

교수는 난처한 표정으로 나를 바라보았다.

"가스파르, 너를 이곳에 데려온 사람은 앙리가 아니라 네 부모님이야. 29년 전에. 너는 태어난 지 3개월 되었을 때부터 이곳에서 살았어. 내가 너를 맞아들였단다. 너는 사랑스러운 아기였지. 너는 그 뒤로 한 번도 여길 떠난 적이 없어. 이곳이 네가 아는 전부야. 네가 아는 사람들은 모두 여기에 있어. 우리는 너의 부모이고 가족이야. 데제폴 씨나 친부모 같은 사람들은 네 상상 속의 인물들이고."

"탐정 사무소는 확실히 있어요!"

"정육점 위의 꽃이 있는 발코니에 대해 말하고 싶은 거냐? 가스파르, 들어 보렴. 네가 말한 탐정은 정육점 주인이야. 너는 우리가 가지고 있는 업종별 전화번호부에서 광고를 오려 냈어. 그걸 죄다 공책에 붙여 놓았고. 아브릴 부인이 그런 사실을 내게 알려 주더구나. 나는 그걸로 네가 뭘 하려고 하는지 알고 싶어서 너를 나무라지 않았어. 사립 탐정 광고라니 참 궁금했지. 난 호기심이 생겼단다. 간단히 말해서 너의 37번 공책을 다 읽고 나서는 네 생각의 흐름과 네가 쓴 소설에 대해 더 알고 싶어졌어. 소설 속에서 풋내기 사립 탐정이 된 네 모습을 어떻게 그려 낼지도 궁금했고. 그래서 식사 시간에 살짝 빠져나가 다시 네 방으로 갔어. 나는 네 옷장에서 보물을 발견했지. 네 소설은, 읽기에 까다로운 부분이 없는 건 아니지만, 아주 재미있고 읽는 내내 잠시도 마음을 놓지 못하게 만들더구나."

교수는 일어서더니 튼튼한 수납장에서 상자 하나를 꺼냈다. 거기에 내 인생 전부가 있다.

"긍정적인 내용을 기록하는 초록색 공책, 부정적인 내용을 기록하는 빨간색 공책, 좋지도 나쁘지도 않은 내용을 기록하는 주황색 공책이라니. 아주 참신해."

"그럼 아인슈타인의 수수께끼는요? 나는 아인슈타인의 수수께끼도 풀었는데요!" 내가 항의했다.

"가스파르, 우리는 아인슈타인의 수수께끼에 대해 수백 번 이야기를 주고받았단다. 너는 아주 아주 아주 특별한 아이야. 너는 다운증후군이 있어. 이런 말을 하는 걸 좋아하지는 않지만, 염색체 이상이 너를 늘 어린 상태에 머물게 만든단다. 네가 언제나 어린아이의 영혼으로 살게 될 거란 얘기야. 이건 타고난 선물이야. 놀라운 염색체 이상이 네 영혼을 자라지 않게 하고, 절대로 늙지 않게 해 줄 거야. 네 지능은 평균보다 조금 낮고, 끝내 아인슈타인의 수수께끼를 풀지 못했어. 하지만 늘 아인슈타인의 수수께끼를 풀고 싶어 했지."

그가 다정하게 말했다.

거북한 침묵이 방 안을 맴돌았다.

잠시 절망해 있던 나는 서둘러 주황색 공책을 펼쳤다. 좋지도 나쁘지도 않은 내용을 기록하는 주황색 공책에 노르웨이 외교관이 물을 마시고 아이슬란드 사람이 얼룩말을 키운다고 써 놓은 부분을 교수에게 보여 주었다.

"너는 페이지마다 가능한 모든 답을 썼어. 그러고는 어느 날인가 나에게 답을 물어봤어. 내가 답을 알려 주었더니, 너는 답이 틀린 페이지들은 모두 찢어 버렸지."

그가 공책의 찢어진 흔적들을 보여 주었다. 나는 뭐가 뭔지 모르겠다.

"하지만 별 일 아니야. 전 세계 사람들의 2퍼센트만이 이 수수께끼를 풀 수 있어. 생각해 봐. 파조 부인은 절대 이 수수께끼를 못 풀어. 하지만 그렇다고 파조 부인이 덜 행복하지는 않잖아. 불행한 일이 아니야, 가스파르. 너는 사소한 것에 지나치게 집착해."

교수는 작은 나무 상자를 열어서 티백을 꺼냈다. 그런 다음 도자기 찻잔에 티백을 넣고, 찻잔과 세트인 찻주전자를 들어 더운 물을 따랐다. 찻잔에 순식간에 노란 빛깔이 퍼졌다. 그는 과일 바구니에서 레몬 하나를 꺼내더니 날카로운 칼로 쐐기 모양으로 잘라 찻잔 받침에 한 조각 올려놓았다. 그러고는 아주 천천히 차를 한 모금 마셨다.

"내가 뭘 하려고 했는지 완전히 잊고 있었다. 나는 너에게 본론을 꺼내지도 못했구나."

교수는 자신의 찻잔을 내 코 밑에 가져다 댔다. 그러자 금세 레몬 냄새, 박하 냄새, 비쉬 사탕 냄새, 닭고기 냄새, 잿더미 냄새가 콧구멍으로 들어왔다. 나는 남성용 체취 제거제 클라스®의 냄새라는 걸 바로 알아차렸다.

"나는 네가 공책에다 인터넷 세상, 거대한 아날로그 데이터베이스를 구축하려 한다는 느낌이 들었다. 어느 날 컴퓨터의 모든 자료가 사라지고 네가 유일한 지식 관리인이 되면 어쩌나 두려워하는 듯했지. 네 공책에 우스꽝스러운 기사를 오려 붙인 것들이 있어. 예를 들어 '잠수부가 눈사태에 휩쓸려 사망', '팔 없는 도둑, 현장에서 체포'나 '앉은뱅이 은행 강도, 광란의 도주극' 같은 것들 말이야. 뿐만 아니라 아기가 태어나서 기저귀를 뗄 때까지 기저귀를 5000장 쓰고 1톤 가량의 쓰레기를 만들어 낸다든가 하는 등의 통계, 갈매기살이 돼지고기의 가로막살에서 나왔고, 스리랑카는 '빛나는 섬'을 뜻한다는 등의 어원, 사람 손에 들어간 팸플릿의 수명은 약 5초이고, 이 시간이 지나면 쓰레기통에 들어가거나 길거리에 버려진다는 등의 관찰 내용에 이르기까지 온갖 정보가 있지. 이런 것들 가운데 네가 쓴 소설이 있어. 가스파르 잭슨 셰익스피어라는 다운증후군 젊은이 이야기 말이야. 유명한 영국 작가의 후손인 이 젊은이는 파리에서 그를 사랑하고 그가 사랑하는 부모와 함께 살고 있지. 이 다운증후군 젊은이는 너하고는 정반대로 직장이 있고 가족도 있어. 네가 무의식적으로 바라는 삶을 종이 위에 옮겨 놓은 건 아닐까? 그러다 그 젊은이는 두 고용주가 비행기 사고로 죽는 바람에 겨드랑이 냄새를 맡는 직장과 몽마르트르에서 물건을 파는 직장을 한꺼

번에 잃게 되지. 그러고는 사립 탐정이 되어 한 중증 뇌성마비 장애인의 수상한 죽음에 대해 수사하려고 장애 복지 시설에 잠입해. 네가 소설에서 묘사하는 장애 복지 시설은 의심할 여지 없이 바로 여기야. 여기는 네가 아는 전부니까. 너는 태어난 지 불과 몇 달 만에 이곳에 왔어. 여기서 태어난 거나 다름없지. 바깥세상에 대한 정보는 모두 네가 책이나 인터넷에서 알아낸 거야. 너는 언제나 욕심껏 책을 읽고 인터넷을 뒤졌단다. 하지만 나는 무엇보다도 이 시설에 있는 실제 인물들을 소설 속 허구의 인물로 만들어 낸 네 능력에 감탄한단다. 작업치료 선생 에르베는 네가 아는 사람 가운데 유일하게 손으로 완벽한 동그라미를 그릴 수 있어. 물리치료사 마리는 네 상상 속에서 에르베의 부인이자 네 엄마가 되었어. 그리고 나는 누구지? 말하지 않아도 된다. 네 소설의 앞부분에서는 데제폴 씨야. 데제폴 씨와 나는 체격이 비슷하지. 내가 늘 되려 애쓰는 공정하고 정의로운 사람 같아서 더 마음에 든단다. 뒷부분에서 나는 내 자신의 역을 하고 있어. 그렇지? 이걸 보렴. 나는 가스파르 너와 어른 대 어른으로 허심탄회하게 이야기하고 싶구나."

교수는 남은 차를 마시고 레몬 조각으로 잇몸을 세게 문질렀다. 그는 의자에서 일어서더니 철제 서랍장 쪽으로 가서 약사가 약을 보관할 법한 커다란 서랍을 열었다.

그는 사진첩을 하나 꺼냈다. 겉장에 가스파르 불랑제라고 쓰여 있다.

"가스파르, 네가 지금까지 살아온 이야기가 여기 있다."

그는 내게 사진첩을 건넸다.

나는 사진첩을 넘기면서 사진을 보았다. 태어난 지 3개월 되었을 때부터 지금까지의 내 삶이 수십 장의 사진에 모두 담겨 있다. 의심할 여지 없이 분명히 나다. 열 살 생일 파티 때 건물 뒤에서 찍은 사진, 진달래 나무 옆에서 릴리에게 입맞춤하는 사진, 열여섯 살 때 여자아이인 셀린과 분수에서 목욕하다가 '데가' 교수한테 혼나는 사진, 물리치료사 마리가 머리를 젖히는 사진. 마지막 사진의 나는 20대였을 것이다.

나는 말문이 막혔다. 내가 이제까지 여기서 살아왔다니.

"그럼 그 사람은요?"

"라시드 말이냐? 라시드는 구내식당 요리사야."

나는 에펠 탑 열쇠고리와 티셔츠 같은 파리의 기념품을 팔던 몽마르트르의 이전 고용주가 떠올랐다.

"어떻게 내가 그런 이야기를 지어낼 수 있다는 말이에요?" 내가 당황해서 물었다.

"가스파르, 네 잘못이 아니다. 네 감정과 예민한 감수성 때문이란다. 너는 마음이 여리고 민감하니까. 너는 파트릭 비종의 좋은 친구였어. 가장 친한 친구였지. 식물인간이나 다름없는 중증 뇌성마비 장애인과 친구가 될 수 있다고 한다면 말이다. 너는 그의 머리맡에서 많은 시간을 보냈어. 그에게 몇 시간씩 이야기를 들려주곤 했지. 너는 그의 죽음에 두말할 나위 없이 큰 충격을 받았어. 큰 충격을 받으면 환각과 망상이 나타날 수도 있어. 아니면 자기를 방어하려고 할 때나… 괴로운 생각을 억누를 때도…."

그는 잠시 침묵했다. 그 침묵에는 무거운 비난이 담겨 있었다.

"파트릭이 죽었을 때, 우리는 파트릭의 머리맡에서 너를 보았단다. 네 모자는 파트릭의 손에 들려 있었지. 그는 모자를 힘껏 움켜쥐고 있었어."

"내 모자라니요?"

"그래, 아이 러브 파리라는 글자가 수놓인 네 마스코트 모자 말이야. 몇 년 전에 우리가 몽마르트르로 소풍 갔을 때 네가 산 거란다. 너는 그 모자를 애지중지하며 늘 쓰고 다녔어. 그런데 그날 그 모자가 파트릭의 손에 있었던 거야. 침대 시트가 엉망으로 구겨져 있었던 걸 보아 파트릭은 죽기 전에 몸부림을 친 것 같아. 너는 바닥에서 몸을 움츠린 채 두려움에 사로잡힌 한 마리 짐승처럼 떨고 있었어. 파트릭은 눈을 크게 뜬 채 죽었어. 마치 죽기 직전에 악마라도 본 것처럼 말이다. 게다가 파트릭이 죽기 전에 파트릭의 아버지가 여러 번 너를 만나러 왔었지. 나는 뭔가를 암시하려는 의도로 말하는 게 아니다. 그냥 있는 그대로 사실만 이야기하는 거야. 어쨌든 이 세상에서 파트릭은 고통스러웠고, 그러니까 파트릭이 떠난 건 잘된 일인지도 몰라. 적어도 거기선 고통스럽지는 않을 테니 말이다. 이 얘기는 아무에게도 하지 않았단다."

교수는 사진첩을 다시 가져다가 커다란 서랍에 넣었다.

"자, 이제 나는 오스트레일리아 여행 준비를 해야겠구나."

그 말에 나는 이 방에 들어온 이후 처음으로 혼수 상태에서 깨어났다.

150

"오스트레일리아 여행이라고요?"

"그래, 내년에 우리 모두 오스트레일리아 시드니로 여행을 가기로 했다. 두 달 전에 계획했지. 게임에서 이겨서 목적지를 정한 게 바로 너야. 솔직히 말하면 나는 네가 이겨서 좋았단다. 나중에 투표함을 열어서 다른 의견들을 봤더니 룩셈부르크, 알바니아…. 도대체 왜 그런 생각들을 했는지 모르겠어. 오스트레일리아가 훨씬 더 매력적이지. 나는 네가 왜 오스트레일리아를 선택했는지 알고 있단다."

"아, 그래요?"

교수는 공책을 가리켰다.

"몸무게와 문워크 이야기. 맞지?"

"네, 맞아요. 몸무게와 문워크."

산책

 나는 정원으로 나가서 커다랗고 하얀 자갈이 깔린 오솔길을 걷고 있다. 금요일이다.

햇빛이 내리쬐는 화창한 날이다. 이미 오래 전에 글 쓰는 데 필요한 깃털 펜을 만들려고 아름다운 타조를 사 모았던 영국의 유명 극작가는 방금 똑같은 일을 되풀이했다. 이번에는 원숭이들이다.

셰익스피어는 말년에 접어들어 불멸의 존재가 되리라는 욕망에 사로잡혔다. 셰익스피어는 아직 모르고 있지만, 그는 불과 2년 뒤면 이름도 모르는 성병을 앓다가 죽는다. 오늘날 몇몇 사람들은 그것이 에이즈에 감염된 최초 사례라고 주장한다.

그는 안개로 덮인 런던 중심부의 은밀한 작업실에 원숭이들을 가두고, 그들에게 낡은 올림피아 타자기를 한 대씩 주었다. 올림피아 타자기는 당시에는 없었던 물건이다. 채찍을 든 관리인들은 원숭이 대필자들로 하여금 하루 종일 손가락이 닿는 대로 타자기를 두드리게 했다. 원숭이들이 아무렇게나 타자기를 치다가 그중 한 마리가 우연히 예술가의 대표작, 그러니까 《햄릿》 같은 작품을 만들어 낼지도 모른다는 희망을 가지고 말이다. 사람들은 셰익스피어가 꽤 오랜 시간 작품을 쓰지 않았다는 사실은 알지만, 원숭이들이 그 대신 글을 썼다는 사실은 알지 못한다.

나는 내 자서전, 위대한 가스파르 잭슨 셰익스피어의 자서전 첫 문장을 머릿속에서 다시 쓰다가 부지런히 진달래 나무를 다듬고 있는 정원사와 마주쳤다. 키 작은 대머리 남자가 노란 플라스틱 물뿌리개를 들고 활짝 웃으며 내게 인사하고는 다시 자기 일을 시작했다.

"안녕, 앙리!"

그가 누군지 기억났다. 정원사 앙리 보시다.

나는 주머니에 손을 넣었다.

오른쪽 손에 접힌 종잇조각이 만져졌다. 그것을 꺼냈다. 파트릭의 아버지 제라르 비종이 발행한 수표다.

그는 파란색 빅 볼펜으로 '15530유로'라고 휘갈겨 쓰고는 그 위에 글자로 '일만 오천오백삼십 유로Quinze mille cinq cent trente euros'라고 썼다. 틀린 글자는 없다. 백 단위 뒤에 30이 있기 때문에 센트 뒤에 복수형 어미 -s는 붙이지 않았다. 수표는 가스파르 불랑제에게 주는 것이었다. 나는 수표를 뒤집어 보았다. 뒷면에 '감사합니다'라고 쓰여 있다.

알게 뭐냐. 난 모르겠다.

사람들은 같은 성을 공유한다. 하지만 난 아니다. 나는 가스파르 잭슨 셰익스피어다. 우리 가문이 오랜 세대에 걸쳐 간직해 온 상징적인 성이다. 이것은 비밀이다. 우리의 성을 말해서는 안 된다. 내가 그러는 걸 싫어하기 때문이다.

나는 정원 한가운데에서 돌아서서 내가 29년 동안 살아 온 건물을 바라보았다. 나는 그곳을 사랑하고 속속들이 알아내는 법을 다시 배워야 할 거다.

내일 또 만나.

다운증후군 가스파르, 어쩌다 탐정

지은이 로맹 퓌에르톨라 옮긴이 김현아
펴낸이 곽미순 책임편집 이은파 표지 디자인 김민서 내지 디자인 이유진

펴낸곳 한울림스페셜 기획 이미혜 편집 윤도경 윤소라 이은파
디자인 김민서 마케팅 공태훈 제작·관리 김영석
등록 2008년 2월 23일(제318-2008-00016호.)
주소 서울시 영등포구 당산로54길 11 래미안당산1차아파트 상가 3층
대표전화 02-2635-1400 팩스 02-2635-1415
홈페이지 www.inbumo.com 블로그 blog.naver.com/hanulimkids
페이스북 책놀이터 www.facebook.com/hanulim

첫판 1쇄 펴낸날 2018년 8월 8일

ISBN 978-89-93143-65-2 43860

이 도서의 국립중앙도서관 출판예정도서목록(CIP)은 서지정보유통지원시스템 홈페이지
(http://seoji.nl.go.kr)와 국가자료공동목록시스템(http://www.nl.go.kr/kolisnet)에서
이용하실 수 있습니다.(CIP제어번호 : CIP2018018794)